王朝序曲　上

誰か言う「千家花ならぬはなし」と
——藤原冬嗣の生涯

永井路子

朝日文庫

本書は一九九七年二月、角川文庫より刊行されたものです。

王朝序曲　上・目次

下巻目次

図版作成　谷口正孝

王朝序曲　上　誰か言う「千家花ならぬはなし」と——藤原冬嗣の生涯

遅れて来た星

三連星にも似た小さな命が、奈良の都でまたたきはじめた。宝亀五（七七四）年というその年、彼らがそろってこの世に生を享《う》けたのは、もちろん偶然でしかないのだけれども……

無心に眠る嬰児《えいじ》たちは気づかなかったろうが、彼らの吸う空気はすでに饐《す》えはじめていた。二十余年前に開眼供養をした大仏は、いまもあざやかな黄金色《きんいろ》に輝き、青瓦《あおがわら》も朱塗りの柱も色あせてはいないものの、都の気力は萎《な》え、疲労の翳《かげ》を濃くしている。

――もう救いようもないんだ、ここは。

嬰児の父親の一人は、じりじりしている。なまなかな改革では追いつかないのに、なんたる無策、なんたる無能！　しかも、王座にあって改革を指揮すべき人は、ほかならぬ彼の父、光仁帝《こうにんてい》。その皇太子となった彼、山部《やまべ》には、父の老いを労《いたわ》るよりも、まず、

――俺だったら、こうはしないな。

という思いが先立つ。称徳《しょうとく》女帝死後の皇位争いの中で、予想もしなかった表舞台に引きずりだされた父の、すでに六十を過ぎた足取りのおぼつかなさに苛《いら》だち、知らず知らず視線がきびしくなってしまうのは、彼の中に、早くも政治への野心が、抑えかねるほどに滾《たぎ》りたちはじめているからだ。

その気性の激しさを早くも受けついだのか、嬰児は癇性《かんしょう》な声をあげてよく泣いた。その顔を覗《のぞ》きこんで、

「強いお声でいらっしゃいますな」

うなずくのは、もう一人の嬰児の父。微笑を湛《たた》えた眼の隅に凄《すご》みがある。山部の心の中までその眼は見すかしていながら、

――その気負いにこそ、私は賭けておりますので。

微笑は、そう語っているかのようだ。彼の日頃の口癖は、

「この百川《ももかわ》、皇子《みこ》の御為《おんため》のみに働いております」

である。一身を擲《なげう》っての奉仕を告白するにしては、どこか傲岸《ごうがん》な響きがあるのは、言葉の裏に貼《は》りついている本音を、無意識を装ってちらつかせているからであろう。いや、じじつ、山部が今日《こんにち》皇太子の座についているのは、すべて藤原百川《ふじわらのももかわ》のおかげな

のだから。

称徳の死後、皇位決定が揉《も》めに揉めていたとき、故女帝の遺詔《いしょう》を振りかざして他の候補者を撥《は》ねとばし、それまで名前もろくに挙がっていなかった廃《すた》れ皇子白壁《しらかべ》を強引に皇位に押しこむという荒業《あらわざ》をやってのけたのは、この百川である。当時、閣議に臨む資格もなかったにもかかわらず、廟堂《びょうどう》に坐《すわ》る年上の藤原氏一族を動かして、あっというまに流れを変えた。それも、

——ふん、遺詔などあってたまるか。

誰もがそう思い、百川自身も、でっちあげを承知の上で大芝居を打ったのだから、まさに天性の策士、その彼に担ぎだされた老いたる白壁こそ、現光仁帝なのである。

しかも百川の読みはもっと深いところにあった。光仁の即位は手段にすぎず、真の狙いはその皇子山部を後継者に据えることだった。これにも大きな障礙《しょうがい》があったのを、策士は巧妙に取りのぞいた。だから、向う気の強い、人に頭を下げたがらない山部も、百川にだけは、兄に対するような思いを懐《いだ》く。じじつ、百川は山部より五歳年上だが、しぶとい腰の据えかた、隙《すき》のない駒組《こまぐ》みと事にあたってのすばやい攻めは、それ以上の年齢の差を感じさせる。

このときも微笑を湛えた百川の瞳は、泣きやまない嬰児の真赤な顔だけをみつめて

いたのではなかった。

十年、そして二十年先……

嬰児の前途を、百川はみつめている。そのころ山部はすでに即位し、その第一皇子である嬰児は、あるいは皇太子か？……

——その側《そば》に同い年の俺の息子がいる。悪くはない構図じゃないか。

未来の皇太子たるべき嬰児の母は、藤原乙牟漏《おとむろ》。百川の兄、良継《よしつぐ》の娘だ。

——たった十五で、もう皇子を産むとは器用なものさ。

それがわが娘、旅子《たびこ》ではなかったのはいささか残念だが、この娘もいずれは山部の許《もと》に侍《はべ》らせるつもりでいるし、そうなれば次の皇子を産む機会もあるだろう。ここは光仁担ぎだしに心をあわせて働いた兄貴良継を、ひとまず喜ばせておくか。

百川にとって嬰児は四十三歳にしてはじめて得た息子である。旅子という娘はいるが、ほかに子宝に恵まれなかっただけに、今度の嬰児に寄せる思いは濃い。骨太でずしりと重いこの男児の手応《てごた》えに、しかし、彼はとろけるような喜びにひたっていたわけではない。手応えがあればあるだけ、百川は早くも次の布石を胸に描きはじめている。

山部の第一皇子、その名は小殿《おて》。

百川の長子、その名は緒嗣《おつぐ》。

それに比べて、三人目の嬰児は、さしあたってなんということもない存在だ。彼の未来になにかを予感させるものは皆無である。なぜなら嬰児の父、内麻呂《うちまろ》は二十一歳の若者、藤原氏の一族とはいうものの、決して官界で注目される男ではなかったからだ。羽振りのいい良継、百川兄弟とは家筋も別だし、彼が当時の高級官僚群の入口ともいうべき従《じゅ》五位下《ごいのげ》に辿りつくのは、ずっと先のことだ。

地平に姿を現わしたときから、人の目をひく輝きにみちた小殿、緒嗣という二つの星に比べれば、三番目の星の光はきわめて弱い。そしてその翌年、この光の弱い星の傍らに、もう一つ小星が寄りそうようになる。のちに真夏《まなつ》と名乗るその子に、弟が生れたのだ。

のちに冬嗣《ふゆつぐ》と名乗るその嬰児も、兄と同じく、とりたててなんということもない存在だ。二人の幼名が後世に残らなかったことでも解るように、若き藤原内麻呂の家に年子の男児が生れようとどうしようと、世の中の人は誰も目にもとめていなかった。それより、人々の眼は、その年に起った大事件に、ぴったり吸いよせられていた。

「ああ、やっぱり……」

事件を知ったとき、人々は異口同音にそっと呟《つぶや》いていたのだった。

「帝《みかど》の前《さき》のきさき、井上《いのうえ》さまが亡くなられた。しかも、皇子さまと同じ日にな」

前のきさき――。正確にいえば、その人はすでにきさきでさえなかった。夫である光仁を呪った巫蠱《ふこ》大逆の罪によって廃せられ、大和《やまと》の宇智《うち》に幽閉されていたのだ。光仁の即位とともに立后《りつごう》した井上は、じつは聖武《しょうむ》天皇の皇女である。その母が光明《こうみょう》皇后とは別の女性であったために、光明をはじめとする藤原一族に忌《い》まれ、歴史の隅っこで、ひっそりと白壁の妻となり、皇子と皇女を儲《もう》けていたのだが、ひょんな廻《まわ》りあわせで、白壁が皇位に押しあげられたために立后し、その皇子他戸《おさべ》が皇太子になっていた。

いや、正確にいえば、百川たちが光仁を担いだのは、その妻の井上が、まぎれもなく聖武の血を享けているということを口実にしたのであって、その時点では井上は歴史の中に輝く女王であった。

が、数年後、同じ百川たちは、井上に巫蠱の罪をなすりつけてきさきの座から引きずりおろす。そして、悪逆な女性を母とする他戸は皇太子にしておけぬ、という妙な理屈をつけて他戸も廃され、庶人に貶《おと》されてしまい、山部が代ってその座につくのである。

妖気《ようき》漂う不可解な事件だが、裏返してみれば、ことは簡単すぎるほど簡単だ。百川らは他戸を廃するために巫蠱事件をでっちあげて、井上を追払ったのである。ここまできて、百川らの意図ははっきりする。彼らははじめから井上の所生ならぬ山部に賭けていたのだ。光仁も井上も、結局、そのための駒に使われたにすぎなかった。策士百川好みの手のこんだ布陣である。かくして、高野新笠《たかののにいがさ》という渡来系の女性を母とする山部が皇太子になる、という異例な決定が行われたのであるが、

「この百川は皇子のために……」

山部の耳に百川が囁《ささや》きつづけるのは、このことをしつこく記憶させるためであって、山部もまた、

「俺の今日《こんにち》は、そなたの手で作られた」

と、正直すぎるほどの告白をしている。

この事件の背後に、前年の小殿の誕生がある。さらには百川の長子緒嗣の誕生も事件と無縁ではないはずだ。三連星の誕生は偶然だとしても、それと井上母子の非業の死はかかわりのないことではなかった。

しかし、策士百川としては、いささか急にことを運びすぎた趣がある。が、批難の眼を気にしないほど、百川はいまや自信にみちている。皇太子山部の地位はこれで不動のものとなった。その皇子小殿も、そして、幼児緒嗣の未来も、順調に軌道に乗り

つつある。

このことを誰よりも深く胸に刻みつけたのは、山部であった。

――古代の王者は、たいていわが手を血で汚すものなのに……

たとえば曽祖父《そうそふ》天智《てんじ》は蘇我入鹿《そがのいるか》を刺し、皇位を狙いかねない有間皇子《ありまのみこ》を死に追いやった。その後継者天武《てんむ》は、壬申《じんしん》の戦乱の血で皇位を購《あがな》ったといってもいい。が、山部の場合、自分に代って百川がその役を引きうけてくれた。

――あとは、御即位を待つばかりでございますな。

そう言いたげな百川の瞳に、山部も無意識に応《こた》えてしまう。百川の脳裏には、即位後の政治改革構想がびっしり詰まっていることだろう。

もっとも、こんなことは、内麻呂家の幼い兄弟にはまったく無縁である。真夏はやっとよちよち歩きをはじめたばかりだし、下の嬰児は乳を呑むときのほかは、すやすやと眠りつづけている。百川自身も、もちろん、彼らのことは視野にも入れていない。もしかすると彼らの父、内麻呂のことも……。二十一歳の内麻呂はまだ微官《びかん》だし、百川の政治構想など覗き見することさえ不可能な地位でうごめいているにすぎなかったのだから。

今すぐにでも実行に移せるほどのプランを練りあげながら、百川がまだ音無しの構えを保っていたのは、わけがあった。それを百川は、ひそかに山部に囁きつづけていた。

「お待ちください、六年後まで。いよいよ辛酉《しんゆう》の年が参ります」

辛酉――十干十二支《じっかんじゅうにし》でいう「かのととり」は、そのころ革命の年と考えられていた。その年こそ、革命の王者の登場にふさわしい、と完璧主義者の百川は、演出効果を考えていたのだ。

さらにいえば――

その二廻り前の辛酉が、天智天皇即位の年である。しかし、その後に起った壬申の乱で、天武が天智の皇子大友《おおとも》に勝利して以来、皇位についたのは、すべて天武系の血をひく皇族で、ほぼ百年間、天智系は皇位継承の外に放りだされていた。そして山部の父の光仁は、久しぶりに皇位についた天智系の皇子である。だからその即位は、壬申の乱による皇位簒奪《さんだつ》者天武の血筋に止《とど》めを刺したことになる。そしてふたたび廻《めぐ》りくる辛酉に即位してこそ、山部は天智の再来として歴史に君臨する王者たり得るであろう……

なんとも華麗な政権構想だったが、百川は、ひとつだけ大きな見落しをしていた。

それは、彼の命についてである。大事業の演出家はこの俺、と自負していた彼が、なんと、辛酉を迎える二年前に、命尽きてしまったのだ……。百パーセント完璧な計画が、思いもかけない小さなミスで躓《つまず》くということはよくある歴史の皮肉だが、四十八歳の若さで、計画の実現も見ずに世を去らなければならなかった百川の死を、悲劇というべきか、喜劇というべきか。権謀の人も最後は平凡な父に還《かえ》って、

「緒嗣を、そして旅子をよろしくお願いいたします」

山部の手を握って、細い声でくりかえすばかりだった。

死期の迫ったその顔をみつめていた山部は、やがて涙を拭《ぬぐ》って立ちあがる。

――百川、見ていてくれ。そなたの考えたとおりの道を、俺は必ず歩んでみせるぞ。

予定どおり、二年後の辛酉の年の四月、山部は老父の譲りを受けて即位する。皇太子に定められたのは山部の同母弟、早良《さわら》親王だった。当時兄弟相続がよく行われていたことを思えば、まずは順当な人選といえよう。このとき早良づきの春宮大夫《とうぐうのだいぶ》（長官）に選ばれたのが『万葉』の歌人大伴家持《おおとものやかもち》である。

光仁はすでに病がちだったらしく、その年のうちに世を去り、いよいよその翌年、名実ともに桓武《かんむ》の時代は開幕するのである。

延暦《えんりやく》と改元されたその年から翌年にかけての桓武の手がけた人事にはかなりめざましいものがある。即位の直後、生母、高野新笠が、皇太夫人《こうたいぶにん》の称号を贈られた。彼女

は渡来系の和氏《やまと》の出身で、百済王《くだらおう》の子孫と称している。渡来系の女性を母とする皇子の即位は今までなかったことで、その意味でも桓武の登場はきわめて異例のことだった。

この縁で、桓武は和氏や百済王氏に官位をばらまいた。それと同時に百川に右大臣を追贈してその労に報いている。小殿を産んだ乙牟漏は正三位《しょうさんみ》に。乙牟漏の父良継も死んでいるので、これは良継へのはなむけでもあった。別系の藤原是公《これぎみ》の娘で、後宮に入っている吉子《よしこ》は従三位。授位の後、そろって夫人の地位を与えられるが、一月後《ひとつき》、結局皇后として、きさきのトップの座を与えられたのは乙牟漏であった。これで彼女の産んだ小殿の地位も固まった感じだが、そのころ安殿《あて》と改名した彼自身は気まぐれで体も弱く前途に不安を感じさせた。

桓武の初政で、もっともめざましかったのは行政改革だ。定員以上にふくれあがった官人の解任、役所の停廃。小気味よいほど、切れ味がよかった。とりわけ、敢然と打ちだされた造寺造仏の停止は、聖武・光明・孝謙《こうけん》らの仏教への傾斜に対する露骨すぎるほど露骨な批判であった。

ここまで徹底的に奈良の都を打ちのめしておいて、桓武は高らかに宣言した。

「もうここには用はない。予は都を見すてる」

ときに延暦三（七八四）年、新都が山背国乙訓《やましろのくにおとくに》の長岡と定められてから、実際に遷都が行われるまで、たった半年、というすばやさだった。ふつうでは考えられないこのすばやさは、計画が即位当時、いや、それ以前から練りあげられたものだったことを思わせる。

長岡へ向かう車駕《しゃが》の中で、多分桓武は呟いていたことだろう。

——百川、そなたの思い描いていた計画を、これ、このとおりやってのけたぞ。

成人した冬嗣が、一つ上の兄の真夏に笑いものにされたのは、この世間をゆるがせた遷都騒動を、まったく憶《おぼ》えていない、と言ったときのことだ。

「だってお前、もう十歳《とお》になっていたはずだぞ」

呆《あき》れたように鼻に皺《しわ》を寄せて真夏は笑った。

「俺はあのとき、父君の馬の後に従って都の家を出た」

父の内麻呂は、桓武初政の人事で従五位下に叙せられ、高級官僚へのスタートを切っている。甲斐守《かいのかみ》から右衛士佐《うえじのすけ》へ——つまり武官コースを歩みはじめたところで、遷都の車駕の警備に当ることになっていた。胡簶《やなぐい》を背に、武装に身を固めた父は、別れぎわに、やや緊張した面持で振りむいた。

「いいか真夏、途中を気をつけるんだ。急ぐには及ばんのだぞ」

父は警固隊として、桓武の車駕に随行する。真夏は、家人たちに護られて、遥《はる》か後からついてゆくことになっていた。まだ十一歳だが、馬には自信のある彼には、むしろ楽しい遠乗りであって、早く行くなと言われても、きっと馬に鞭《むち》を入れずにはおかなかったろう。内麻呂の言葉は、それを制止する意味だということも、真夏には察しがついている。

「そりゃあお前、大変な行列で、先に行きたくも、つっかえていてさ」

言いかけて、ああ、そうか、というふうに真夏はうなずいた。

「そういえばお前、側にいなかったよな」

「そうです。母君の家で、御到着を待っていたんです」

彼らの母は、百済王氏永継《ようきよう》。その本貫《ほんがん》の地（本拠）は、新都となった長岡の近くの良峯《よしみね》にあった。奈良の都にも百済王氏一族の邸宅はあったし、その当時のしきたりとして、彼らは母方の邸《やしき》で育ったのだが、母に連れられて、その本貫の地にも度々遊びにいっている。

その邸宅は豪奢《ごうしや》だった。調度も器も光り輝いていた。

――そういえば、母君の腕にも、いつも白玉や碧玉《へきぎょく》が揺れていたっけ。百済王氏が日本に渡ってきたのは、半島で新羅《しらぎ》に敗れて国を失ったころ――もう百年以上も前のことなのに、どこか異国の香を漂わせていたのは、王家の末裔《まつえい》という誇りのためだったかもしれない。

――母君はいい匂いがしたなあ。

日頃は乳母《めのと》に育てられているのだが、たまにその腕に抱かれると、なんともいえないやさしい匂いに包まれた。あの日も、母君はいい匂いを漂わせ、

「もうそろそろお着きかしら」

光る衣《きぬ》の裾《すそ》をゆらゆらさせて、父君の身を気づかっておられた。そんなことだけは憶えているが、帝の車駕の行列や、人々の騒ぎは、まったく記憶にない、と言うと、

「お前らしいのんきさだよ」

真夏はもう一度鼻に皺を寄せて笑ったものだった。

そういえば、そのころすでに、兄弟は、一つ違いとは思えないほど、別の世界に住んでいた。若い父は真夏を子というより弟扱いし、世の中のこと、政治のことなど、なんでもざっくばらんに話をした。だから十歳になるやならずで真夏は、そのころもう、いっぱし政界の裏話にまで通じていた。冬嗣が、藤原氏の家系のこと、その中の

わが家のことなどを知ったのも、たぶん、兄の得意げな「お講義」からだったと思う。

その「お講義」によれば、御先祖の鎌足《かまたり》公は天智天皇を援《たす》けて活躍された大忠臣だった。その鎌足公の子息が不比等《ふびと》さま。不比等さまの娘御が光明皇后さまだが、光明さまが、ごりっぱなおきさきであられたのは、その御兄弟四人の力によるのだ、という。

その御兄弟のうち、御長男の武智麻呂《むちまろ》さまの家筋は南家《なんけ》と呼ばれた。兄弟の中で一番南に邸宅を構えられていたからだ。

次男の房前《ふささき》さまの邸宅はその北にあったから北家《ほっけ》。

「これがわが家の御先祖さまだぞ。よく憶えておけよ」

次が宇合《うまかい》さまで、式部卿《しきぶきょう》であられたから式家《しきけ》。一番末が麻呂《まろ》さまで、左右京《さうきょう》の大夫《だいぶ》だったから京家《きょうけ》。

「そしてそれからが大変さ」

真夏は胸を反らせた。

「不比等さまが亡くなられた後、四人の兄弟は力をあわせて藤原家のために働いたんだけど、一度に四人ともお亡くなりになっちゃったんだ」

「ふうん、殺されたの」

「そうじゃない。悪い流行病《はやりやまい》で、次々に。いまから四、五十年前のことだけど」

こうして、一度藤原家は潰《つぶ》れかかったのだが、跡継たちの手で勢いを盛りかえした。

「でもね、前と違って、みんな競りあいでね」

それぞれの家が、みんな相手をだしぬこうと必死になった、と聞いても、幼い冬嗣にはどうも納得がいかなかった。

「だって兄君、みんなきょうだいの子なんだろ。どうして競争するの？」

真夏はしかたがないなあ、というような眼つきになる。

「憶えとけよ、兄弟は他人のはじまりっていうんだぞ」

得意げに言う真夏も、じつは父の受売りである。そして目の前にいる冬嗣が、ほかならぬ「兄弟」であることに気づいていない稚《おさな》さなのであったが。

南家はどう、京家はどう、式家の百川さまという方は、帝のお気に入りだったと、真夏が話しはじめると、冬嗣はすぐ退屈した。

「憶えられないや、そんなこと」

しかたがないな、まったく、という顔をしながら、真夏は言った。

「しっかりしろ、房前さまから父君までのことぐらいは憶えろよ」

「ああ」

冬嗣は生返事するだけだ。兄は、

主な登場人物の関係図

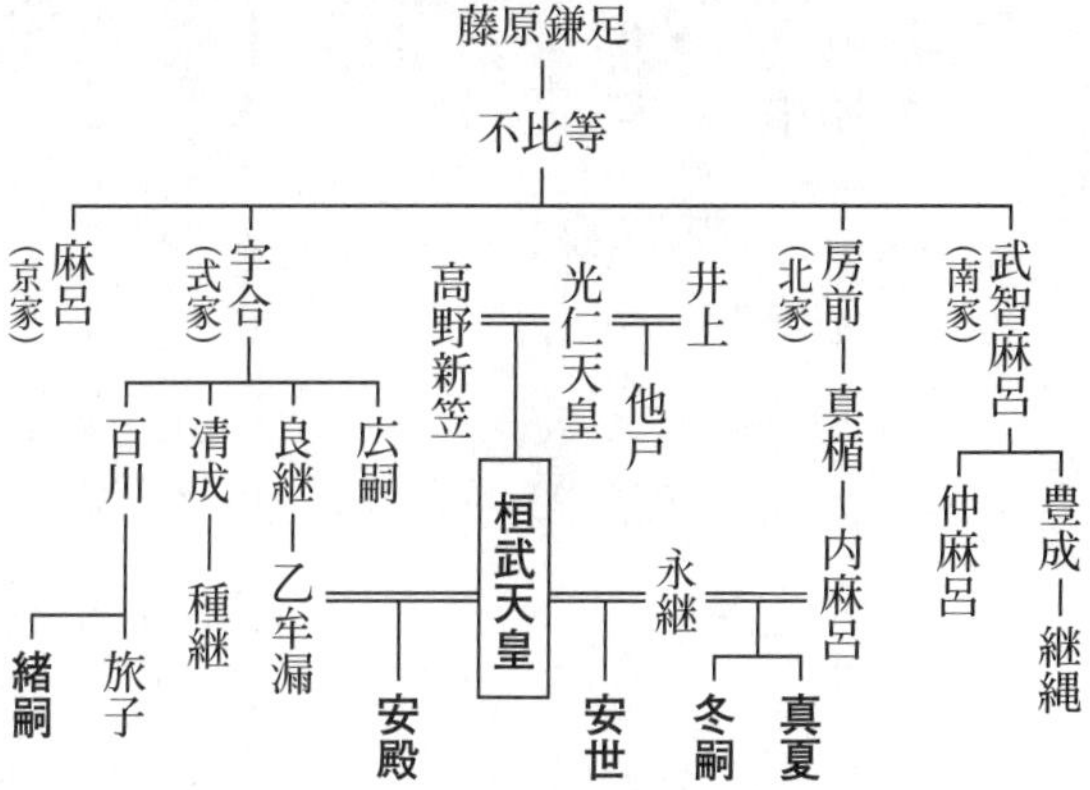

――わが家はついていない。

そんなことを言ったような気もする。第一、房前さまは大変頭がよくて、父君の不比等さまからも一番目をかけられていたし、御出世も順調だったが、どういうわけか、中途から武智麻呂さまに追いぬかれてしまった……

が、五十年も前のそんな話は冬嗣にはあまり興味がない。彼が真夏に敬意を表するのは、大人なみの智恵の働かせかたでも、記憶力のよさでもなく、みごとな馬の乗りまわしかただった。

――そうだったな、あのころ兄君は栗毛のいい馬に乗っておられた。そして俺はといえば、ときどき厩《うまや》へ行っては鼻面を撫《な》でてやっていた葦毛《あしげ》を、父君がくださるかど

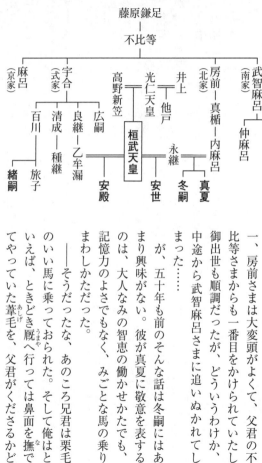

うか、ということに気を揉《も》んでいたのだっけ。その葦毛を、
「そなた好きなら、持馬にしてもいいぞ」
と父君から許しが出たのは、都遷《みやこうつ》りの翌年。大喜びでその葦毛で遠乗りして、息をはずませて帰ってきたときだったろうか、彼が「おとうと」の顔をはじめて見たのは
……

——そういえば、母君はあのころ、しばらく御不在だったなあ。

後になって、そのころのことを冬嗣は思いだす。父、内麻呂も時折しか顔を見せなかった。当時のしきたりとして、子供たちはたいてい生母の許《もと》で育つ。父自身は別の邸宅を持っていて、妻の許に通ってくるので、しぜん父と子の接触は少なかったし、冬嗣自身も、それを当然のことと思っていた。

長岡の新しい都の中に割りあてられた父の家はかなり広かった。これを機に夫婦が共住みしはじめるケースも多かったが、母は富裕な百済王氏に割りあてられた地区の一画に住むほうが気楽だったのか、父の家に移る気はなかったらしい。もっとも子供たちの往《ゆ》き来は自由だし、父べったりの真夏は、いつも父にまつわりついていたが、

冬嗣はむしろ母の家の異国風の残った豊かな雰囲気が気に入っていた。が、都遷りしたころから、母もめったに家にはいなくなった。

「新しい内裏《だいり》でお仕えすることになったのよ」

鏡を覗きこんで、しきりに髪型を気にしながら、母はいそいそとしていた。その声もはずんでいたし、いつも漂わせている例の匂いも、うっとりするほど濃かったのを冬嗣は憶えている。桓武の生母が渡来系だったことから、新都では、百済王氏系の女性がどっと宮仕えに出るようになった。百済王明信《みょうしん》、百済王教徳《きょうとく》、百済王貞香《ていこう》、百済王教仁《きょうにん》、そして冬嗣の母、百済王永継《ようきよう》……。日本ふうの媛《ひめ》とか女《め》という名乗りをせず、故国ふうの名前を通しているのも王族の末裔の誇りである。

桓武自身も異国ふう、つまり半島や大陸の文化が大好きで、みずからを、大唐《だいとう》の皇帝に似せたがっているくらいだから、女官も百済王氏系をなるべくふやしたい意向だった。

冬嗣も、母が側にいてくれないことに、格別ものたりなさを感じてはいない。日頃の世話は乳母《めのと》が取りしきっていたし、野山を走りまわる遊び相手の男童《おのわらわ》はいつも五、六人は彼に従っていた。それにそろそろ学問の手ほどきも始められている。のんびりやの割には、本を読ませてみると、そのほうの進みぐあいもまずまずであった。

つまり、印象は強くはないが、手のかからない子なのである。

それに、そのころの官僚の妻たちは、多くが女官になっていた。古くは奈良朝初期を牛耳った藤原不比等と橘三千代《たちばなのみちよ》が有名だが、その後もその伝統は続いている。桓武の皇后乙牟漏は、藤原良継の娘だが、彼女の母の安倍子美奈《あべのこみな》は、尚蔵兼尚侍《くらのかみないしのかみ》という地位にあって女官たちを監督し、位も従三位にまで進んだ。子美奈は長岡京へ遷《うつ》る直前に死んで皇后の母として手厚く葬られたが、その後釜《あとがま》を狙っているのは百済王明信だ。彼女の夫藤原継縄《つぐただ》は、桓武の側近の一人として信任も篤《あつ》い。

おぼろげにそのくらいのことを知っている冬嗣としては、

——あ、母君もその仲間入りをするってわけか。

のんびりとそう思っただけだった。

母君は宮仕えに出るようになってから、より若々しく美しくなったように見えた。その母君が一度体をこわして、しばらく宮仕えを休んだことがある。子供の眼にも母君の顔色は悪く、ひどく苦しげでもあった。

「お疲れならお辞めになったら？」

というと、

「大丈夫、そのうちよくなるから」

母君は少し力のない微笑を浮かべた。が、その言葉どおり母君はやがて元気になり、また宮仕えを始めた。その後である、母君がわが家に帰る日が稀《まれ》になったのは。

宮仕えが忙しいから。

ちょっと御用があって、良峯の実家《さと》にいます。

などという言伝《ことづて》を、度々聞かされたように思う。幼いころ、冬嗣もよく連れてゆかれたその家に、

——そのうち行ってみようかな。

とは思ったが、遊びにかまけ、一方では乳母に勉学を催促されて日を過すうち、ある日、にこやかに母は戻ってきた。幾分肥《ふと》りぎみで、いよいよ華やかさが加わった母の腕には、見なれない嬰児が抱かれていた。

「そなたの弟よ、ほら」

色の白い、むっちりと肥った嬰児だった。

——あ、そうか、そうだったのか。

一瞬のうちに冬嗣は事情を了解した、と思った。母君はみごもられて、お実家におりになっておられたのだ。

「わあ、かわいい子だなあ」

そっと頬《ほお》を撫でてみた。

「そなたの小さいときにそっくりよ」

「名前はなんていうの」

しぜんに出た問に、母が答えたそのとき、彼の「了解」は一瞬のうちに崩れる。

「安世王《やすよぎみ》」

と母は言ったのだ。

「え？　安世ぎみ？」

「ええ、安世さまと呼べばいいの」

母はゆったりと微笑している。

——安世ぎみ？　安世王だって？　それが俺の弟だなんて！

嬰児には新顔の乳母が二人ついていた。母が合図すると、うやうやしげに嬰児を抱きとり、しずしずと渡殿《わたどの》の向うに消えていった。その間、彼女たちは、冬嗣の表情にまったく気づかないようなふりをしていた。


——あの後、俺はどうしたんだっけ。

後になって、そのことを思いだそうとするのだが、冬嗣の記憶はどうもよみがえらない。母君が唐渡《からわた》りの墨をくださって、よく勉強するのですよ、と言われたような気もする。

——ありがとうございます、と言ったなあ、俺は。うん、それ以上、なにも言わなかったみたいだ。

摑《つか》もうにも手がかりのない羅《うすぎぬ》かなにかに包まれたような、あるもどかしさの中で、しかし、冬嗣は、手のかからない子でありつづけた。

——なんとなく、それ以上聞けないというか、聞いちゃいけないみたいな気分の中にいたんだなあ。

そんなもやもやを、手荒く引きはがしてくれたのは真夏である。その日夕暮近く帰ってきて、二人きりになったとき、彼は吐きすてるように言ったのである。

「弟っていってもな、あの赤ん坊は父君の子じゃないんだぜ」

ああ、やっぱりそうだったのか、と妙に安心したような気持になったとき、真夏は声を低めた。

「帝の子だよ、あれは」

「えっ」

「宮仕えに出て、お目にとまったというわけさ」

真夏は鼻の上に皺を寄せて、にやりと笑ってみせた。

「手が早いんだよなあ。これまで幾人手をつけたか解りやしない。いいと思うとその場ですぐだとさ」

帝という主語だけは使わず、少年真夏は、ありとあらゆる罵言《ばげん》を並べてみせた。寝る。抱く。つるむ。まぐわいする……。性というものがうずきはじめた年頃の、どうにも抑えきれない鬱屈《うっくつ》の噴出だ。とりわけ年下の相手を前にすると、優越感がいよいよワルを気取らせる。

ひとしきり言葉を吐きだしてしまうと、真夏はふと声を低くした。

「でもなあ、お前、これ、父君は承知だよ」

「え？」

「これでいい、って思ってるんじゃないか」

日頃父親べったりの彼にしては珍しいことを、やや乾いた声で言った。

なにしろ、百済王氏系の女性は、このところ、世の貴族たちの注目の的になっている。家が豊かで気品があって、男に対してやさしくて……。即位前の光仁帝、廃れ皇子だった白壁が高野新笠と懇《ねんご》ろになったのもそのためなのだが、その白壁が即位するに及んで、百済系の人々は世の注目を集めるようになった。

じつは百済系といっても新笠系は百済王氏系とは、系統を異にする。新笠の家は、百済の武寧王《むねいおう》の子孫という、はっきりしない言いつたえこそ持っているが、新笠以前は和氏《やまと》といい、社会的な地位も低かった。これに比べると、百済王氏の渡来はずっと遅く、百済王朝滅亡とともに移ってきて、持統《じとう》女帝から「百済王氏」という姓を授けられた輝かしい経歴を持つ。百済王氏の女性たちが、いまでも異国の王女だという自負を持ちつづけているのはそのためなのだ。

この一族が脚光をあびるようになると、彼女たちの周囲に男たちが群がりはじめた。

「つまりな、父君もその流行《はやり》に乗ったというわけよ」

突きはなすような言いかたを真夏はした。

「いま、帝のお側には、百済王氏の女官はたくさんいるんだ。だから見てろよ。あの女《ひと》たちも、ぼろぼろ帝の子を産むぞ。その中で母君はまず一番手だ。父君は、むしろお喜びさ」

え？　どうして、と聞きかけて、冬嗣は息を呑む。母君が父君でない人の子を産む――というのがどういうことか知らないほど、十一歳の彼は稚くはない。それを、なぜ父君がお喜びなのか……

「教えてやろうか」

二つとない宝物を分けてやるかのように、真夏は声を低めた。そのことの意味を解りかねている弟への優越感が、鼻のあたりに漂っている。

――一歳《ひとつ》しか違わないけど、俺はもう大人だぜ。

そういえば、真夏は声変りしている。そのかすれた声で、彼は囁いた。

「百済王明信さま、知ってるだろ」

「うん、名前ぐらいはね」

「皇后の乙牟漏さまの母君だった安倍子美奈さまが亡くなってから、女官の取締りをやっておられるあの方は、昔、帝が山部皇子であられた時代のお気に入りの恋人だったんだ」

「へえっ」

「そのころの山部さまは、もちろん皇太子なんかじゃなかった。第一、父君の白壁さまだって、呑んだくれの廃れ皇子だった時代さ」

「で、それじゃなんで明信さまはおきさきにならなかったの?」

「あの女《ひと》は、藤原継縄《つぐただ》さまともつきあっていてね、その間に子供を産んじゃったんだ。乙叡《おとえ》って人さ。俺たちより、十二、三年上のはずだ」

「じゃ、山部さまはがっかりだね」

「そう思うのがお前のあさはかなところさ」

「だってふられたわけだろ」

「そんなにものごとは単純なもんじゃないんだぞ」

　真夏はここぞとばかり肩をそびやかす。

「見てみろよ。継縄さまも、このところ陽《ひ》が当ってきたじゃあないか」

　真夏はここで「お講義」をくりかえした。

「とろいお前は忘れちまったろうけど、継縄さまは南家の家筋で――」

　なかでも仲麻呂《なかまろ》さまの時代は肩で風を切っていたが、後で女帝さまと対立して反乱を起し、あえなく敗死してしまった。しかし、継縄は仲麻呂とは別系なので、殺されもせず、さりとてその後もさほど出世もせずにいたのだが、桓武帝が即位すると、またためきめき出世し、現在は大納言、つまり閣僚の一人である。

「それはみんな、明信さまのおかげだっていうぜ。ほんとはからきし才能はないんだっていう噂《うわさ》だけどね」

「ふうん」

「きっとそのうち、乙叡さまだって出世の仲間入りするだろうよ」

だから——

と真夏は言った。

「父君は似たような位置についたってわけさ」

わざと淡々と言いすてたが、そこに父への憎悪の色をにじませていることが冬嗣には感じられた。現実を認めながらも、思春期の屈折した思いがからみつくのだろう。が、冬嗣はおっとりと言う。

「でも、継縄さまと父君は違うよね。明信さまは帝の愛人だったけど、継縄さまの子供を産んだんだし、母君は……」

言いかけると、真夏はうるさそうに遮った。

「どっちだって、同じなんだ」

そうかな、そんなもんかな、と冬嗣は口を噤《つぐ》む。一人の女を共有した男——という真夏の見かたに、いまひとつ手が届かないのである。彼はふと話題を変えた。

「兄君、その赤ん坊見た？　安世王《ぎみ》っていうんだ。かわいい子だよ」

「ああ、そんな子の顔、見たくもないね」

言いすてて去った後、冬嗣はゆったりと気づく。兄は父について憎悪の思いをこめて語ったけれど、とうとうしまいまで、母についてはなにひとつ言わなかった。

――でも、兄君はやっぱり父君のことが好きなんだろうな。

どうもそういう気がしてならない。

真夏の話はいささか刺戟《しげき》が強すぎたが、そのショックがおさまると、冬嗣はしだいに首をもたげて、あたりを見まわしはじめる。

――そういえば、父君だって、母君ひとりを妻としているわけじゃなし。

ほかにいくつか通い所もあることは、なんとなく気づいていたし、どうやらそこには母違いの弟や妹もいるらしいのだ。それに、母親の許で、父の違う子供たちが育っているのはざらだった。結婚という結びつきがゆるやかで、夜の床をともにしているときはあきらかに「夫婦」だが、それ以外の時間まで相手を縛る力はないのである。不倫、浮気という言葉は定着していないし、女も複数の男とのつきあいを咎《とが》められることはなかった。明信の場合も、山部に対して不実だったわけでもなく、だからこそ、いま大手をふって後宮に出仕しているのだ。昔の関係が公然としているからこそ、むしろ女官たちへの指揮に重みが加わるのである。

――そう思えば、なんてことでもないんだ。

手のかからない子は、ひとりで納得する。桓武の皇子であろうとなかろうと、わが家にも、父違いの弟が出現したのである。

——兄君は嫌ってるみたいだけど、あの子、なかなかかわいいじゃないか。

あの頰《ほ》っぺたの手ざわり、やわやわとして、とてもよかった。

——でも、兄君は、あの頰っぺたにさわる気は起きないらしい。好きじゃないんだな。

ふと、兄の言葉が頭によみがえる。

「兄弟は他人のはじまり」

——そうか、そういうことか。でも俺はあの子をかわいいと思うがなあ。

遅れて輝きはじめた一つ星冬嗣は、さらに後から生れた小星に、少しばかり関心を持ちかけている。

長岡京

長岡の空は広やかだ。奈良の都では、東のはずれは山にかぎられていて、その高みの裾《すそ》のあたりに、東大寺の大仏殿の金色の鴟尾《しび》が嵌《は》めこまれていた。長岡京から見る山の姿は遠い。

「それだけ、あたりが広々として気持がいいや」

と兄の真夏《まなつ》は言う。

「そうかなあ、なんだかのっぺらぼうな感じだなあ」

冬嗣《ふゆつぐ》には、都を親々《ちかぢか》と包むようにしていたやさしい山脈《やまなみ》の姿がなつかしい。それにここには東大寺のような大きな寺はないのである。長岡が都と決まる前からこの地にあった乙訓寺《おとくにでら》がせいぜいで、あとは小さな寺のいくつかがひっそりとあちこちに建っているだけ。そういえば、あのころ、

「あの大仏さまも引越しておいでなの」

と聞いて、真夏に憐《あわれ》むように笑われたことがある。

「大仏さまはあのままさ」

「あ、そうか。あんな大きな仏さま、動かせないよね」

「そうじゃないんだ」

兄はいよいよ胸を反らせた。

「帝《みかど》がね、移さなくていい、とおっしゃったのさ」

たったの一つ違いなのに、やけに世情に精《くわ》しいのは、父の内麻呂《うちまろ》が、兄だけは大人扱いにして、いろいろ政界の内幕話までしてくれるからだ。

「じゃ、どうして、帝はお移しにならないとお決めになったの」

「それは、いろいろわけがあるんだ」

お前なんかに話したって解りっこないさ、と真夏は鼻に皺《しわ》を寄せて笑ってみせる。

——もったいつけやがって。これが兄貴の嫌なところさ。

しだいに冬嗣はそう思うようになっているのだが、同時に、こんなときへの対応も心得はじめている。

「ふうん」

ひどく興味のなさそうな顔をしてみせるのである。

――そんなこと、どうでもいいや。

というふうにわざとそっぽを向くと、どうして？　としつこく尋ねられないことに真夏は苛《いら》だつ。ここで一席、

――お前なんかには解んないだろうけど、
と、知ったかぶりをしてみせたかったのに、あてがはずれてしまったからだ。せいぜいできるのは、

――ふん、こいつ、子供だからな。

軽蔑《けいべつ》をむきだしにしてせせら笑ってみせるだけとは、なんと腹の立つことか……

十代になりたての兄弟の喧嘩《けんか》は、いわば仔犬《こいぬ》のじゃれあいみたいなものだったろうか。それが単なるふざけっこではなくて、将来の餌《えさ》の狙いかた、雌をはさんでの雄犬どうしの挑みかた、急所を狙っての嚙《か》みつきかたの基本を覚えるためのものであるように、彼らはこうして駆引《かけひき》やら相手の焦《じ》らせかた、肩すかしをくわせてからの飛び蹴《げ》りの手口などを覚えていくのかもしれない。冬嗣にとってむしろ意味のあるのはそのことであって、大仏が動こうが動くまいが、それはどうでもよかったのではないか。

しかし、ここでちょっと肩すかしをくらって焦れている真夏の言い分を聞いてやってもいいだろう。たぶん彼は、

「大仏さまは重いから持ってこないんじゃないのさ、ほんとは帝がね……」

と胸を反らせたかったのではないか。父からの聞きかじりによれば、桓武《かんむ》帝は仏像や寺を移すことはまったく考えていないらしいのだ。それどころか、金色燦然《さんぜん》たるあの大仏を、りっぱなものとも思わず、

「とほうもない無駄遣いをしたものさ」

と言いはなったとか。東大寺や興福寺《こうふくじ》の法師どもにも、国費にたかる役立たずと顔をしかめているという話もある。

もっとも真夏の聞きかじりはそのへんまでである。なぜ桓武が、まばゆい大仏や壮麗な伽藍《がらん》に目もくれないのか、というところまでの理解は届いていない。

憎悪といおうか、怨念《おんねん》といおうか、じつは桓武の胸の底には奈良朝歴代の天皇への執拗《しつよう》な対抗意識がある。歴代はすべて天武《てんむ》系で、天智《てんじ》系の皇族はずっと無視されてきた。それが急に風向きが変って、天智系の廃《すた》れ皇子《みこ》だった父、光仁《こうにん》が即位した。思いがけず血統の革命がなされたのだ。その跡を継いだ桓武には、

——天武系の遺物は新都には持ちこませない。

怨念をこめた凜《りん》たる決意があった。

では壮麗な仏像や伽藍に代って、わが身を飾る権威の衣裳《いしょう》はあるのか。

——それも、ある。

桓武は自信を持っている。

——今までの天皇とは違う存在になる。俺は大唐《だいとう》の皇帝にひとしいものになる。長い間、見あげ、憧《あこが》れていた先進国大唐。制度、文物を必死に取りいれ、一歩でもそれに近づこうとして、日本は滑稽《こっけい》なまでの努力を重ねてきた。その目から見る大唐の皇帝の権威は圧倒的なものだった。

その皇帝の権威をそっくり身につけることのできるのは自分だ。なぜなら、自分は中国ふうに辛酉《しんゆう》革命の年に即位した天皇だから。長岡に新都を選んだのもそのためだ。大唐の都は全体が城壁に囲まれ、さらに宮内は一段高い城壁の上に聳《そび》えている。この長岡も、官衙《かんが》と内裏は、周囲より一段高い台地の上に造られつつある。完成の暁には、青い甍《いらか》の並ぶ諸宮殿は威圧するがごとくあたりを睥睨《へいげい》することであろう。

このとき、桓武はさらに、中国歴代の皇帝に倣《なら》って、天を祀《まつ》る儀式を行う計画を樹《た》てていた。中国の史書に見られるように、かの国の王者は、居城の郊外で天神と自分の祖先を祀る儀式を行う。これは王者の特権でもあり、権威を世に誇示するためのセレモニーでもある。

桓武が祀るのは、もちろん在天の至上の神と父光仁帝。天武系の諸帝の行った仏教儀礼を無視し、中国のセレモニーそのものを始めることによって、一歩も二歩も先進国大唐に近づくのである。

——より大唐的な都城、大唐そのものの祭祀《さいし》、そして俺は唐の皇帝と同じ冠をかぶり、唐服を着けて……

そんな想像にひたっている桓武——いや、じつは唐冠唐服を着けた画像も今に残っているのだが、その子供じみてさえいる唐への模倣を嗤《わら》うことはできないだろう。当時の日本は、ずっと大唐に憧れ、息を詰め、胸震わせる思いで、この国に身をすりよせようとしていたのだから。

そして、唐好みは、桓武にとっては趣味の問題ではなく、政治姿勢の表現だった。奈良朝七十余年を否定しようという怨念をこめ、熱い思いにみちた新政宣言、というか。

もっとも知ったかぶりの真夏とて、そこまで思慮が届くわけではない。まして冬嗣はなおのこと……。兄貴に肩すかしをくわせればそれだけでもう満足だったのだ。いま彼は、少しばかり兄への反抗を、日常の中でひろげつつある。そうした年齢にさしかかったというのか。

長岡は水の都でもある。

都の中央を南北に貫く朱雀《すざく》大路をまたいで、小さくうねりながら、わがもの顔に西から南東へと流れる小畑川《おばたがわ》。東側からすっぽり都を抱くように流れる桂《かつら》川は川幅は広いが、薄蒼《うすあお》い美しい流れだ。これも都の南半分、五条のあたりで遠慮会釈もなく市街地を斜めに突切って西南に流れている。

それとほぼ相似な形で、西側から都の七条《しちじょう》あたりをかすめるのは小泉《こいずみ》川。都を出はずれたところで、東から流れてくる桂川と合流する。もう少し上手で桂川と合流するのは犬川という滑稽な名を持つ細い川だが、新都ができてからは一番生き生きと流れている。遷都とともになだれこんできた人々の生活を支える物資を売り買いする市が、この川の近く、七条あたりで早くも賑《にぎ》わいを見せはじめていたからだ。そしてここで都の新住民めあてに売られる米麦、塩、干物、糸、麻布、絹などは、犬川を上り下りする舟で運ばれていたのであった。

初夏のある日、冬嗣は、壺《つぼ》や皿小鉢を買いにいく家人《けにん》の早虫《はやむし》の後について、市場を見にきたことがある。新都といっても、まだ碁盤の目のような町割ができただけで、なにもかもこれからの感じの長岡だが、市だけは、もうはちきれんばかりの賑やかさで、人は肩をぶつけあいながら往《ゆ》き来していた。

「なんと賑やかなものではございませんか、若君」

早虫はその喧騒《けんそう》の中で心をはずませている。

「うん」

冬嗣の返事はいいかげんだ。早虫はもうその賑わいに浮き浮きとしている。

「ほれ、ごらんなさいまし、あんなみごとな綾《あや》が並んでおりましょう。めったに手に入らぬあのような品は、ひょっとすると……」

指先に輪を作って、くすねる真似をしてにやりとした。

「まず、どこからかくすねたものかもしれませぬ、若君はお一人でおいでになってはいけませぬぞ、市には、えたいの知れぬ者ども混っております」

「うん」

冬嗣の返事は相変らず、いいかげんだ。賑やかだろうと、盗品の山が積まれていようと、それがどうだというんだ。そんなものは、いっこうに少年の胸に入ってこないのである。わずかに彼は言った。

「帰りには、桂川のほうへ出てみようよ」

「左様でございますか。道草を食いますと、お叱りを受けますが……」

「大丈夫さ、俺といっしょなら」

壺や皿を買ってから、大路を東に、桂川の方向へ歩いていくうち、太い木材や瓦《かわら》を運ぶ一団に出遇《であ》った。

「どこから来た」

早虫が声をかけると、

「難波《なにわ》から」

無愛想に一人が答えながら、額の汗を拭《ぬぐ》った。

「へえ、難波からかね」

「難波宮の引越しだ」

難波宮を解体して、新京の官衙を造るのだという。新しい木材は何年か前から伐《き》り倒して、乾燥させねば使いものにならない。遷都は急だったから、とりあえず、難波宮の木材や瓦を使うことにしたのだ。

そういえば瓦はどことなく古めかしい。軒丸瓦も冬嗣が奈良の都で見なれていた蓮《れん》華《げ》文《もん》ではなくて、同心円を三つばかり浮きださせただけの粗末さだ。

「そうかい、難波からかい」

早虫はうなずきながら続ける。

「難波宮を毀《こわ》して、こうやって瓦を担いできたってわけかい」

「阿呆《あほ》ぬかせ」

　男はまた無愛想に言う。

「柱や瓦を担いできた日にゃあ、俺の肩の骨が潰《つぶ》れっちまわあ」

「じゃあ、どうやって」

「川だよ、川を船で上るんだよ」

　難波には淀川が流れている。これを遡《さかのぼ》ってくると、淀津《よどのつ》に着く。ここは桂川や、さらにその南を流れる宇治《うじ》川、木津《きづ》川の合流点だ。

「なあるほど、川を船でなあ」

　早虫は感心している。

「川というものは便利なものでございますな、若君。難波ばかりか、逆に大和《やまと》からも、宇治川、木津川を使って、二上山《ふたかみやま》の石を運んでおります。敷石にするとかで」

「ふうん」

　相変らず、冬嗣は気のない返事をする。桂川まで歩いてみようと言ったのは、そんなことを見聞きするためではなかったのだ。

　――あの蒼《あお》さがたまらなくいい。

桂川は、空の蒼さを映してか、前よりも蒼く、川原も広々として、川べりの葦《あし》を吹きなびかせる風もさわやかだった。冬嗣はその川べりにしゃがんで、蒼い流れを見たかったのだ。

ところがどうだろう。

川の流れは蒼く、初夏の風はさわやかなのに、呆《ほう》けたようにもの悲しい。

「ああ、鳥が鳴いておりますな」

早虫はしきりに額を拭いながら、そう言うが、少年の胸はうつろなのだ。

おもしろくも楽しくもないのである。

——なぜ、こんなところに来たかったのか。

前には、空の広さがいい、と言った真夏に、のっぺらぼうだと反対した冬嗣だったが、

——あの川の蒼さがいい、と思ったのは俺だったのに……

その「俺」に冬嗣自身が反抗している。

これはいったいどうしたことか。満たされない思いが、冬嗣自身の胸を噛む。

ごろりと川原に横になると、ふと顔の側《そば》に、小さな紫色の花が咲いているのに気がついた。茂りあう草の中で、薄紫の花は、じっと身を縮めている。

――すみれかな。でもこんな時期まで咲いているかな。

摘みとって頰《ほお》に押しあてると、かすかに透明な匂いがしたように思われた。このとき、

――あっ、お母さまの香だ。

ふいにそう思ったのはなぜなのか。

冬嗣はむっくり起きあがっていた。

「帰ろう、早虫」

「へい」

「母君は今日、内裏からお戻りだったね」

「左様で」

その間にも、いつも母が撒《ま》きちらす、かぐわしい香が、冬嗣を包みはじめていた。

母の永継《ようきよう》は、安世王《やすよぎみ》を産んで、しばらく里下りをしていたが、このところまた内裏に詰める日が多くなっている。しかし、出がけに、今日はお帰りだ、と冬嗣は乳母《めのと》から囁《ささや》かれたのだ。

桂川でも満たされぬ思いに焦れていた冬嗣は、無性に母がなつかしくなってきている。いつもみずみずしく美しい母君。華やかな香を振りこぼす母以外の誰が、いまの

冬嗣の心を温めてくれるだろう。

「急ごうよ、早虫」

大事そうに壺や皿を抱えた早虫が、顎《あご》を突きだし、息を切らせるほどの速足で、冬嗣はわが家に向かった。門を入ると、すでに、ざわめきがいつもと違っていた。

「お帰りになったのだね、母君は」

召使の女童《めのわらわ》は、半刻《はんとき》ばかり前に、と答えてから、

「若君をお待ちかねでございますよ」

小さな声で囁いた。冬嗣の足は小走りになった。母はいつもの居間ではなく、池に臨んだ小亭で暑さを避けていた。池の面《おも》をかすかに風がよぎり、小波《さざなみ》が砕けると、亭に掛け渡した青簾《あおすだれ》もひそやかに揺れる。

中に母の翳《かげ》がある。ゆるやかに扇を使っているせいか、いつもの、あのやさしい香が、御簾《みす》の外まで漂ってきた。

「帰ってきたの？」

母の声はやさしかった。

しかし、どうしたことだろう。

青簾の中に入ったとたん、冬嗣はそれより先に進めなくなってしまったのだ。

「西市に行ったんですって？」

はい、と答えようにも声が出ない。あんなになつかしかった母の香が、たまらなく喉《のど》を締めつける。

——吐きそうだ。息が詰まりそうだ。

手で遮れるものなら、押しもどしたい。

「なにかおもしろいものがあって？」

「…………」

冬嗣は泣きたくなっていた。

——こんなに母君が好きなのに。大好きな母君の香なのに……

なぜか、体が受けつけない。その香が漂ってくるかぎり、足が先には進まないのだ。舌までが縛りつけられている。

いっそ、ここから逃げだしたい。青簾を力のかぎり引きやぶって、池に投げこみ、わあっとおめいて荒れ狂いたい。体じゅうが燃えさかり、脂汗がにじんでいるのに、しかし、現実の冬嗣は、指一本動かすことができずにいる。

惑乱を静めようとしているのか。いや、そうではなかった。体ごと燃え狂いたいのに、いつものように、外見《そとみ》だけは、手のかからない子でいる乖離《かいり》に、彼自身とまどい、呻《うめ》き、震えているのだ。母はなにも気づかないのか、にこやかな頬を向けている。

「まあ、大きくなったこと」

母の笑みは安世に移った。手を伸ばすと、安世は無心に抱きとられ、むずかりもしない。

「おお、よしよし」

——安世、お前、このひとを知ってるのか。

冬嗣は心の中で叫んでいる。日頃は乳母にかしずかれているこの赤ん坊は、目の前のひとが母であるとかないとかの見分けもつかないはずだ。が、母君は、安世が当然母と知ってなついてきていると思い、なんの疑いも持っていない。

——ふしぎだ。なんてふしぎなことばっかりなんだ。だいたい、安世には、「こころ」なんてもの、芽生えてるんだろうか。母君は、そんなこと考えてもいない。そして、俺の中にどんな思いが燃えさかり、惑乱が体の中を駆けめぐっているかも気づかずに、安世に向けると同じ、匂やかな微笑で、俺の「こころ」を包みこもうとしている。

冬嗣は、力いっぱい自分を抱きかかえるようにして、ぎごちなく青簾の外に出た。少しずつ体が楽になってくる感じである。深い吐息が惑乱を静めてくれる。

ふと、安世は父君の子ではないと告げたときの真夏のことを思いだす。安世の父である桓武に、捜しだせるかぎりの薄汚い言葉を投げつけた真夏。

——兄貴は、安世の顔は見たくもない、と言ったっけ。でも、母君のことは、なにひとつ批難しなかった……

真夏はあのとき、体の中に燃え狂うものを吐きだしてしまったのだろうか。


その年の八月、冬嗣の父の内麻呂は中衛少将《ちゅうえのしょうしょう》に任命された。天皇の身辺の警固に当る精鋭部隊の次官級のポストである。奈良朝中期、すでに兵衛府《ひょうえふ》とか衛門府《えもんふ》とか、武官の府があったにもかかわらず、それとは別に幹部に藤原氏や藤原氏寄りの高官を据えて発足したこの役所が、最も威力を発揮したのは、長屋《ながや》王事件であった。その軍事力が長屋を包囲し、藤原氏の望むごとく彼を死に追いやったことでも解るように、藤原氏の軍事力の拠点といってもいい。

その後、この役所も、時代の波に揺られて変遷し、内麻呂がかかわりを持つようになったころは昔日の俤《おもかげ》は薄れつつあった。とはいうものの、その機能が天皇の親衛隊であることに変りはない。

「今度、帝が旧都にお出かけになるのでな」

その警固役の中枢にいることを、真夏や冬嗣の前で、父はやや誇らしげに語った。

「奈良の都へ御用がおありなんですか」

冬嗣が尋ねると、

「うん、朝原《あさはら》内親王さまが……」

父は桓武の皇女の名を口にした。その皇女はすでに伊勢《いせ》の斎宮《さいぐう》になることが決まっていて、奈良で潔斎《けっさい》に入っている。そして九月七日、いよいよ伊勢に向かって旅立つのを、桓武が百官ともども見送るのだという。

「じゃあ、長岡はすっぽりお留守になるんですね」

「まあそうだ。そのほうがいいかもしれぬ。あまり人がたくさんいると、宮殿造りの妨げになるからな」

長岡京の造営責任者は藤原種継《たねつぐ》。かつて桓武の片腕だった百川《ももかわ》の甥《おい》にあたる。百川に先立たれた桓武は彼への追憶から、この家筋、つまり式家《しきけ》には偏愛を寄せている。

式家というのは、百川の父、宇合《うまかい》が式部卿《しきぶきょう》だったことによるのだが、その後を受けて、百川も式部卿になったし、甥の種継も式部卿だ。彼は百川の再来のように振舞い、

「遷都は叔父《おじ》百川の悲願でもございましたからな」

それをやりとげるのは、自分を措《お》いてほかにはいない、という言いかたをいつもし

た。その種継に造営事業を預けて、桓武は旧都へ向かうのである。

それにしても、わが娘の伊勢出発を、わざわざ見送るのは異例のことだ。表向きは朝原の出発を見送って、その後、久しぶりに好きな遊猟を楽しむということになっているが、桓武は、じつは胸の中に屈折した思いを抱えている。

朝原の母は酒人《さかひと》内親王。彼女もまた伊勢の斎宮をつとめて、帰京後桓武のきさきになった。帰京の理由は、母井上《いのうえ》皇后の死。当時の斎宮は天皇の譲位のほか、父母の死に遭えば交替するしきたりだが、その母の死に桓武がかかわりを持っていたことはすでに触れた。つまり、酒人は、母を死に追いやった男の妻になったといえるだろう。桓武側からみれば一種の妥協策だ。一族全部を抹殺して、その恨みを負うより、抱きこみをはかるのである。しかし、母を殺しておいて、その娘を侍らせることは、桓武にとって、決して快いことではなかったはずだ。酒人がはたして母の死の真相を知っていたかどうか。いささか異常な性格の彼女は多分なにも知らされずに、きさきになったらしいのだが、それはそれなりに薄気味が悪い。史料は彼女について、

性倨傲《キヨガウ》ニシテ情操修《ヲサマ》ラズ……婬行弥増《インカウイヤマ》シテ自制スルコト能《アタ》ハズ。

と語っている。性に対する欲望がとめどなく、理性的な制止がきかないのだ。心に負い目のある桓武は、それを詰《なじ》ることもできない。

しかも、非業の死を遂げた彼女の母井上も、かつて聖武時代、長く斎宮をつとめている。祖母、母、娘、まさに宿命の斎宮であってみれば、桓武が朝原の門出を心をこめて祝ってやりたいと思う気持も解らないではない。

――無事でいつまでもつとめてくれよ。

斎宮交替の第一原因は天皇の死、または譲位。朝原の永続はすなわちわが身の安泰、という利己的な期待が、そこに加わっていたとしても……

「奈良の御滞在は長いからな。真夏、家の守りを頼むぞ」

内麻呂に言われて、

「はい、それはもう――」

真夏は大人びた身のこなしで一礼した。これから内裏へ出仕するという父を門まで送った後、彼は振りむいて冬嗣に言った。

「どうだ、覿面《てきめん》じゃないか」

「なにがさ」

鈍いやつだな、こいつ、といわんばかりに鼻の頭に皺を寄せて真夏は笑った。

「わが家は安世王をお預りしている。ま、いまのところ、帝の第三皇子だ。帝としても父君に報いてやらねばならない。そこでとんとん拍子に、中衛少将に御出世というわけさ」

「………」

冬嗣は黙っている。兄貴のこの頭の回転の速さ、とうてい及ぶところではない。

——そうか、ものごとって、そんなふうに見るのか。

真夏はいよいよ得意そうだ。

「もっとも、安世王が正式に親王になるには、母君も帝の後宮に入らなきゃならないけどね。母君はどうかな。俺はそれでもいいと思ってるんだが」

いらないものはくれてやる、といった口調に、冬嗣は、はっと息を詰める。

「でもなあ、帝のきさきになりたいってひと、うじゃうじゃいるからなあ。まあ、いまのとこはとにかく、あの安世王を大事にしてますって顔だけしとけばいいのかな」

「兄君」

冬嗣は相手に当て身をくわせるように言う。

「でもさ、兄君は、安世王の顔なんか見たくもないんでしょ」

「こいつ」

やにわに、ほんものの拳骨《げんこつ》が脇腹《わきばら》に打《ぶ》ちこまれた。

「あっ、痛っ」

真夏はもうどんどん歩きはじめている。

留守を頼む。

内麻呂が真夏にそう言ったのは、いつも大人ぶりたい息子に、ちょっとばかり満足感を与えてやりたいだけのことだったかもしれない。八月二十四日、桓武の車駕《しやが》が奈良に向かった後、さしあたって、長岡には何事も起る気配はなかった。その直後に中納言家持《やかもち》が病死したが、これも、内麻呂家とはなんのかかわりもない。

朝原内親王は、無事に伊勢に向かったようだ。

「帝はじめ百官が大和と伊勢の国境までお見送りになりまして……」

内麻呂に従って奈良へ行っていた早虫が帰って報告した。

「少将さまの御滞在は長びきそうですので、もっとお温かそうなお召物を持ってまいれとの仰せです」

今度の奈良行きに従わなかった母に、早虫は父の言葉を伝えた。

事が起ったのは、早虫が大荷物を担いで奈良へ向かった数日後のことだ。

真闇《まやみ》を黒い疾風《はやて》が駆けぬけた。

邸内でまず異変を感じとったのは真夏だった。事の真相は解らないが、なにかが、彼の知覚を鋭く突いたのだ。

「起きろ。門を固めるんだ。もう一度、鍵を調べなおせ。俺が命じたもののほかは外に出るな、築地《ついじ》にも上るな。門の内側に、十人ずつ詰めよ。内庭《うちにわ》に大篝《おおかがり》を焚《た》け」

少年に似合わぬきびきびした口調で命じた。母も冬嗣も、主だった召使も、正殿の廊に集められた。

「誰が来ても門を開けるなよ」

真夏は太刀《たち》の柄《つか》を握ってそう言った。

後になっても、冬嗣はあの夜の兄のあざやかな指揮に改めて感嘆せざるを得ない。

——どうしてあのとき、容易ならぬ事件が起ったことを嗅《か》ぎとったんだろうな。俺にはなんのことやら解らなかったのに。

こっそり様子を見にやらせた下人が、真夏の直感の正しさを証《あか》したのはその直後である。

「式部卿さまが、ひどいお怪我を……」

「式部卿が？」

「はい、中納言種継さまが、喉笛《のどぶえ》を射られて」

単なる怪我ではない。暗殺が行われたのだ。

「そして、お命のほどは？」

「あと一刻とは保《も》たぬと。なにしろ、御出血が多くて、もうなにもおわかりにならないようで……」

邸内はしいんとしている。時折大篝が爆《は》ぜ、火の粉が一度に闇に舞いあがる。

——なんて美しいんだ。

火の華が一瞬咲いては散ってゆくのを、眺めながら冬嗣はそう思う。

——なんて美しいんだ。人が殺されたというのに。

母は袖を胸に当てて震えている。頰に涙の跡がかすかに見える。

——母君はなぜ泣いていらっしゃるのか。とりわけ式部卿と親しかったわけでもあるまいに。

頰をつたう涙が不可解だった。母の後ろで、乳母に抱かれた安世王は無心に眠っている。やがて母は、乳母から安世を受けとり、そっと抱きしめた。まだ母の頰には涙が流れている。

陽《ひ》が昇ったころ、火を噴くような勢いで、桓武の車駕は戻ってきたが、すでに種継はこときれていた。その死を悼むより、王者は傷つけられた誇りに呻き、復讐の炎《ほむら》を燃えあがらせている。この夜の暗殺は私怨《しえん》ではなく、新都建設に対する公然たるクーデターにほかならないからだ。

事件の輪廓は、まもなくあざやかに浮かびあがった。工事の進捗《しんちょく》状態を見るべく、種継は、闇夜に炬火《たいまつ》をかざして、新造の宮殿を点検していたのだ。闇夜の炬火は、絶好の目標となったが、それにしても射手の手並みはみごとすぎた。

ただの無頼の徒のしわざではない。たちまち探索の環《わ》は狭められ、下手人は新京警固のために留めおかれた少数の近衛府《このえふ》と中衛府の兵士と判明した。それと同時に首謀者は種継の下で左少弁《さしょうべん》として働いていた大伴継人《つぎひと》と同姓の竹良《たから》と解り、同調者数十人もたちまち逮捕された。継人も竹良も、はじめから桓武の遷都政策を快く思っていなかったのだ。

継人も竹良も即日斬罪《ざんざい》に処せられたが、死ぬ前の悪あがきだったのか、継人は思いがけないことを口走った。

「私は首謀者ではありません。計画したのは、この間亡くなった中納言大伴家持卿です」

その一言が事件をとめどない方向へと拡大させていった、と史料は語っている。

家持は死後二十余日、まだ正式の葬儀も終っていない。桓武は彼の中納言の肩書を

桓武天皇のきさきと皇子
（ほかにも皇子・皇女がいるが省略）

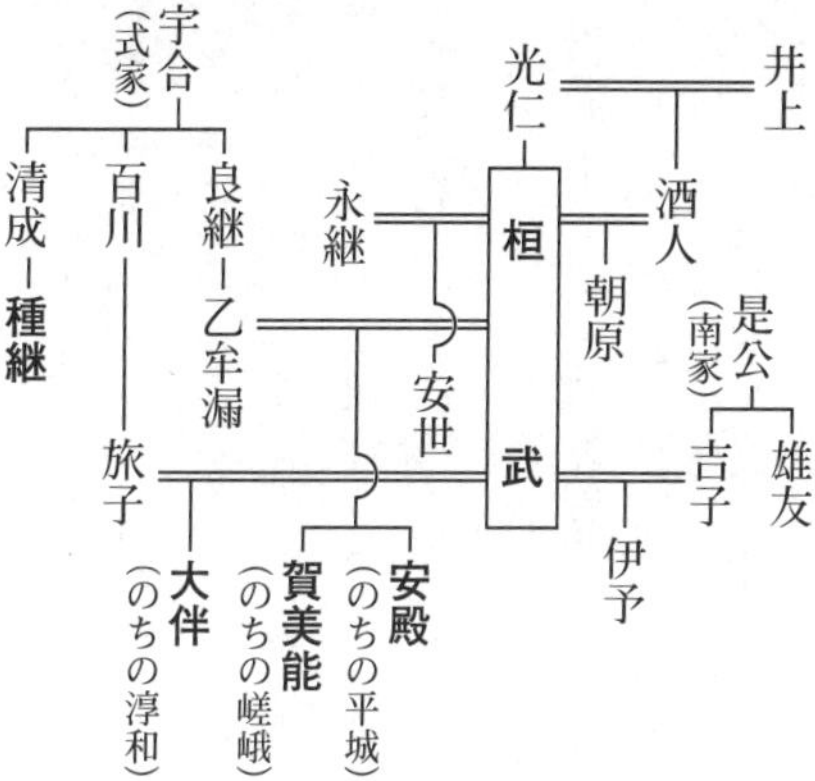

剥奪《はくだつ》した。

まさに死屍《しし》に鞭《むち》うったのである。

事件はそれだけにはとどまらなかった。なぜなら、死ぬまで家持は春宮大夫《とうぐうのだいぶ》だったから。ときの東宮は桓武の同母弟、早良《さわら》。その早良づきの役所の長官が、事件の首謀者だということが何を意味するか。ここから、暗殺事件は相貌《そうぼう》を変えて、異様な臭《にお》いを放ちはじめる。

春宮大夫が事件の首謀者だということは、とりもなおさず、東宮早良の意を受けてやったことだ、と桓武は咆哮《ほうこう》した。早良はもちろん身に覚えのないことだ、と抗弁するが、さらに「私が東宮の命を受けて近衛たちに殺人を命じました」という春宮少進佐伯高成《とうぐうのしょうしんさえきのたかなり》が現われ、早良は進退に窮する。彼はやがて乙訓《おとくに》寺《でら》に幽閉され、皇太子の座を奪われた。事件発生以来十数日という、未曽有《みぞう》の速さで事は終るのである。

なんという手廻《てまわ》しのよさか。そのために、後世さまざまの憶測《おくそく》がくりひろげられた。はじめから早良を陥れるつもりで、わざと桓武は奈良に出かけたのだとか、種継暗殺までも一種の囮《おとり》だったのだとか……

が、そこまで深読みするのはどうか。むしろ、ここでは、桓武の隼《はやぶさ》のような機の捉《とら》えかたに感嘆すべきではないか。権謀の才とは、あらかじめ路線を計画し、そのままに事を運ぶことではなくて、どう変転するか予測もできない事態に遭遇したとき、いかに変身し、いかに逆手をとり、いかに自分の思う方向へものごとを引きずっていくかにある。

桓武はもちろん自分の強引な遷都政策に不満のあることを感づいている。不満分子が、ナンバー・2である早良に、事あるごとに桓武批判をぶちまけていることも知っている。大人《たいじん》の風格のある早良はしかし性急なおだてに乗らなかった。目立って積極的な動きを見せていないことに、桓武はたぶん心おだやかではなかったろう。

自分に比べて相手がしだいに大きく見えてくるということはあるものだ。内心早良を払いのけたい衝動を感じたとき、その後釜《あとがま》として、わが第一皇子、安殿《あて》の顔を思いださなかった、といえば嘘《うそ》になるだろう。

しかし、このときは、計画的に事を運んだというより、種継暗殺を機に、桓武は鋭く、敏捷《びんしょう》に、より大きな獲物まで仕止めてしまったのだ。継人たちが家持首謀を告白した、というのはでっちあげかもしれない。なにしろ継人はすぐ殺されているのだから。佐伯高成の告白もなにやら拷問とか強制の臭いがする。が、ここでは、桓武の、事にあたってすさまじいまでに発揮される臨機応変の権謀学に感嘆すべきではないか。安殿を皇太子にするべく早良を陥れ、その導火線として、種継暗殺まで桓武が企画したとするのは、むしろ想像力の硬直であろう。

ともあれ早良は廃され、淡路《あわじ》配流が決まった。彼は最後まで、

「私は潔白だ。なにも企《たくら》んでいない」

命を賭けて叫びつづけ、さしいれられた食事の一切を拒否した。その死の抗議にも、桓武は耳を藉《か》さなかった。配流の地淡路に着くまでに早良は息絶えるが、あえてそのまま屍《しかばね》を送って葬らせた。

事件落着後の十一月、桓武は念願の大唐ふうの祭祀《さいし》を交野《かたの》の柏原《かしわばら》で挙行した。新たに第一皇子安殿が、皇太子の座についたのは、その半月ほど後のことである。こうなったとき、

——ああ、そうだったのか。

冬嗣は、あの夜の母の涙の意味に気づく。

——母君は安世を抱きしめていたな。

女特有の鋭い嗅覚《きゅうかく》で、母は、今の事態を予感したのかもしれない。

——早良さまが追われる。そして、その後に据えられるのは安殿皇子。

そして、安殿が即位したそのとき……

早良の位置に立つのは、この安世ではないか。そう思ったとき、母にはわが子を抱きしめるほかにできることがあったろうか。

——そういうことだったのか、なるほど。安世よ、お前が殺される運命は決まったというわけだな。

ひどく冷静にそう思っている自分に、冬嗣はもう驚かなくなっている。かわいいやつだ、と思いながら、一方では、義弟《おとうと》の未来を醒《さ》めた眼で眺めてしまう。少年が蝶《ちょう》の羽根をむしりとるような残虐さなのか、それとも……。冬嗣自身も、そのあたりは気づいていない。

もっとも、冬嗣のこのひそかな予測は、やがてはずれる。この年の暮から次の年にかけて、桓武の後宮の女性が次々にみごもるからだ。

はじめに皇子を産んだのは、故百川の娘、旅子《たびこ》だった。百川の労に報いるために後宮に納《い》れた旅子は年も若く体も幼くて、みごもることも遅かったのだが、大伴《おおとも》と名づけられた皇子を産むとすぐ、桓武は彼女に夫人《ぶにん》の称号を与えた。第一夫人で安殿の母親の乙牟漏《おとむろ》はすでに皇后になっているから、それに次ぐ地位である。そして旅子と競うように、これと前後して乙牟漏も皇子、賀美能《かみの》を産む。これらのきさきに比べると、安世の母は、ただの宮人《めしおみな》にすぎない。

——安世、どうやら殺される運命は免れたようだぜ。

足許《あしもと》のおぼつかない安世の桜色の頰を、冬嗣はちょいとつまんでみる。

——そのかわり、お前が帝の子として親王扱いされるかどうか。ひょっとすると父君の義理の子として一生を過すことになるのかな。

どっちみち、ついてないんだよ、お前は、と口の中で呟《つぶや》きながら、冬嗣は安世を眺めている。自分と安世の距離を、嗜虐《しぎやく》の思いをこめて測っているようでもある。

闇を翔《かけ》る怨霊《おんりょう》

宝亀《ほうき》五（七七四）年、地上にまたたきはじめた三連星――安殿《あて》親王、藤原緒嗣《おつぐ》、藤原真夏《まなつ》は、いま青年期の入口に立っている。ともに十四歳、といえば、現代ならまだ少年としか呼べない年頃だが、彼らはもう巣立ちを急がされている。

一人前の男として通用する逞《たくま》しさを身につけたからか？　いや、そうではない。ときにはそのひよわさのゆえに、なんとしてでも格好をつけなければならないときだってある。三人の中で最も体つきもきゃしゃで、落着きがなく、頼りなさそうな安殿が、まず大人の舞台に引張りだされたのは、そのためかもしれない。

十四歳の夏、安殿は、父桓武《かんむ》の意向によって、剣を帯びて公式の場に姿を現わした。ただし、まだ元服はすませていない。小柄な骨細な体が、大人の装いをさせるには痛々しかったこともあって、ともかく、帯剣の儀だけを行ったのである。

「それでもさ、なんだか太刀《たち》ばかり目立っちゃってさ。足取りも危なっかしかったっていう話だぜ」

例の早耳で、どこかから聞きつけたのだろう、真夏は冬嗣《ふゆつぐ》にそう言って、にやりとした。帯剣して公式の場に臨んだということは、早良《さわら》の非業の死の記憶を一日も早く拭《ぬぐ》いさり、

「この皇子《みこ》こそ、皇太子」

と、諸臣の前にその存在を印象づけるためだったのだが、この試みはむしろ、その羸弱《るいじゃく》さを公表したような結果になってしまった。

──兄貴は同い年だからな。

冬嗣は心の中でうなずく。いかに足取りがおぼつかなかろうとも、ともあれ三連星のひとつは、一歩先んじて輝きはじめたのである。

──骨格も逞しいこの兄貴にしてみりゃ、せせら笑いもしたいだろうさ。

例の種継《たねつぐ》暗殺事件の夜の、父の留守を預った兄貴のてきぱきした指揮ぶりは、ほんとに大人なみだった。

──そうだよ、兄貴みたいな皇子だったら、帝も御安心だろうよ。でもな、人には生れ、宿命《さだめ》があってな、これだけは、どうにもならんよなあ。

しぜん笑いがこぼれたのか、真夏は詰る眼《なじ》つきになった。

「なに笑っているんだ、冬嗣」

「なんでもありませんよ」

この返事が兄貴を苛《いら》だたせることは承知の上で、わざとさりげなく冬嗣は言う。

その翌年の正月、安殿は元服した。この日父帝桓武、生母である皇后乙牟漏《おとむろ》が臨席して、殿上でその儀が行われた。いよいよ冠をかぶって成人男子の仲間入りをするのだが、そのころの冠は、後世のものと少し形の違う幞頭《ぼくとう》というかぶりもの。これをかぶせるのが加冠の役で、儀式の主役である。この日は大納言藤原継縄《つぐただ》と、中納言紀船守《きのふなもり》がつとめた。継縄は廟堂《びょうどう》のナンバー・2、これまで皇太子傅《こうたいしのふ》として、安殿の指導、後見役でもあった。

結いあげた髪に透かしの入った幞頭をかぶせられると、安殿の顔は急に大人びて見えた。座を退《さが》って拝礼する継縄、船守にうなずくしぐさにも気品が漂い、一年足らずのうちに少し落着きが出てきた。

十五で安殿を産んだ皇后乙牟漏は、うっとりとわが子をみつめている。その頰《ほお》は乙女《おとめ》のようにふくよかで、瞳にはどこかあどけなささえ残していた。

「ほう、母君というより姉君のような……」

席に連なった臣下たちが、思わず息を吞むほどの若やいだ美貌《びぼう》であった。この日は続いて大がかりな祝宴が催され、さらに庶民に対しても、長寿・善行者の表彰や貧窮者の救恤《きゅうじゅつ》などが行われ、年明けとともに、あの忌わしい種継・早良事件はきれいさっぱり忘れられてしまった感じだった。

その興奮もさめやらぬ二月、また殿上で一人の若者の元服、加冠が行われた。

皇子のか？

いや、違う。

安殿と同年の藤原緒嗣のそれだった。

——えっ、臣下の分際で、皇子と同じ待遇を受けるのか、あの緒嗣が……

地唸《じうな》りに似た衝撃が廟堂を揺るがした。それは長岡宮《ながおかのみや》から溢《あふ》れて京じゅうに伝わり、早耳の真夏に知らされるまでもなく、冬嗣の肌をも逆撫《さかな》でしていった。

「この春はことが多すぎるな」

久々に母の家にやってきた父内麻呂《うちまろ》の呟《つぶや》きに、彼がさりげなくうなずいたのはこのためである。この日、真夏は遠駈《とおがけ》に行くといって出たまま帰ってこなかった。そのかわりに、というわけなのか、父は冬嗣の前で呟きを続ける。

「幞頭もな、帝のお使いのものを下されたそうだ」

緒嗣に、という言葉がぬけていても、冬嗣にはその意味がよく解った。この日緒嗣は、さらに、桓武から剣を拝領している。

「それは昔、緒嗣の父の百川《ももかわ》が献上したものだそうだ。まだ帝におなりにならぬころよ」

桓武は涙を浮かべて緒嗣に言ったという。

「そのときの百川の言葉は、いまも覚えている。皇子の御前途の御幸いは、百川が信じております、とな」

そのころ、桓武は廃《すた》れ皇子《みこ》にすぎなかった。

「百川の申したことは当っていた。が、これはわが身に備わった幸運ではない。すべて百川が切りひらいてくれたのだ」

その百川はすでに亡い。自分はこの剣を彼の形見として、終始側《そば》から離さなかった。

「その剣を……」

と言いかけた桓武の眼から、ほろりと涙のこぼれるのを、内麻呂は見たという。が、そう語る彼の声は、粘りけがなく、なんの感情もこめられていないかのようだった。

こういう言いかたもあるのだ、と冬嗣は黙って父をみつめた。兄貴なら、こうではあるまい。

「心の思いを隠せないお人柄だからな」

粘りけのない声は桓武についてこう言った。

「ま、あの年では、お志だけを受けて御辞退するというところまでは気も廻《まわ》るまいよ」

これは緒嗣についての評であろう。

「無理もない。父なくして官途につく身としては、鎧兜《よろいかぶと》はあざらかに、人を驚かすほどのものであったほうがいい、と思うかもしれぬ」

なるほど帝御下賜の幞頭はそのまま兜、父の形見の剣はそのまま身を護《まも》る太刀か。

「帝は近く内裏も新しく建てなおすおつもりらしい」

父の声は相変らず静かだった。

「でも父君、あの内裏は、種継さまが、なにをおいてもと大急ぎで——」

言いかけて、冬嗣は言葉を呑みこんだ。

——ああ、そうなのか。お祝い騒ぎを盛りあげておいて、種継の記憶に連なるものは、さっさと消してしまうおつもりなのだ、帝は……

緒嗣に注がれる過剰な好意と、寵臣《ちょうしん》の記憶をも簡単に消去させて心の痛みも感じない冷酷さとを、胸の中に矛盾もなく棲《す》みつかせている王者という存在に、このとき冬嗣は、はじめて向きあったことになろうか。

緒嗣はこの日、ただちに正六位上を与えられ、内舎人《うどねり》に任じられた。内舎人は、当時、高官の子弟が、将来のために経験する官吏見習のポストであった。少し先まで言ってしまうと、三年後の彼は従五位下、侍従。従五位下は正六位上とはたった一階の差ながら、ここで厳然たる一線が画される。いわば中枢官僚への関門を通過したわけで、侍従はもちろん桓武の身辺に近侍する役だ。冬嗣たちの父内麻呂が従五位下に達したのは二十六のときだから、緒嗣十八歳の昇叙は、周囲が目をむくような破格の待遇だった。

二番星は、こうしてぎらぎらと輝きはじめた。

では残る三番星は？

いまのところ誰からもかえりみられない。少しおくれて加冠を果したが、それも内麻呂家でのささやかな私事であって、大げさな祝福を受けたわけではない。

そのころから、真夏は少しずつ変りはじめたようである。冬嗣も、兄が無口になったことに気づいている。そういえば、世間の目を驚かせた緒嗣の元服についても、彼はとうとう批評がましいことを口にしようとしなかった。

——いつもなら、手きびしいことを言うはずの兄貴なんだがなあ。

冴《さ》えない三番星が黙っているのはかえって気味が悪い。

——うかつにからかえないぞ、こりゃ。

気がつくと、平気で悪口を言っていた安殿のことも、あまり話題にしなくなった。

——これが大人になるってことなのかな。だとしたら、なんとつまらないことか。言いたい放題を喋《しゃべ》りまくっているほうが兄貴らしいのにな。

冬嗣の理解はせいぜいそのくらいまでであった。真夏はやがて東宮の舎人《とねり》として安殿の許《もと》に出仕することになった。内舎人に比べると格はずっと低い。中級官僚にすぎない内麻呂の息子としては、そのくらいが適当なのかもしれないが。

ひとりは東宮、そしてひとりは彼に仕えて雑用をつとめ、そしてもうひとりは桓武の寵愛を受けて輝かしい前途の待つ内舎人へ——。十五年の歳月は三連星の運命をはっきり描きわけた。

冬嗣は否応《いやおう》なく自分の元服の日の近づいていることを思いしらされている。長男である兄の元服加冠のあのささやかさを思えば、自分のそれは、ほとんど申しわけ程度のものに違いない。

——それも父君の幞頭のおさがりで——。同じおさがりといったって、帝のを頂いた緒嗣とは大分違う感じだなあ。

ふと、側にいる異父弟安世王をかえりみる。

——こいつの元服は十年先だとしても、どんなふうにやるのかな。

皇太子安殿とはおのずから違うにしても、ともかくも安世王は桓武の血を享けている。

——だが、待てよ。

いまひとつ心にひっかかるのは母のことだ。安世が育ってゆくに従って、冬嗣たちの父との仲は途絶えがちになってきている。時折父はふいに姿を見せるが、こんなとき、母はたいてい宮廷に詰めているのだ。結婚も離婚も輪廓《りんかく》がぼやけていて、区切りのつかないそのころだが、冬嗣の目にも、「父君との間は終った」ことくらいは見てとれる。

だからといって、母がきさきとして迎えられる気配はまったくない。宮中に出仕していて桓武と交渉を持った女性はかなり多くて、それなりに夫人《ぶにん》とかこれに准じる扱いを受けているのに、母はあいまいな形でおかれたままなのだ。

——欲がなさすぎるというのか……

冬嗣にも母の心が摑《つか》めない。桓武の臥所《ふしど》に入った女たちはみな、争ってしかるべき地位をねだりとっている。とりわけ子供のことが加わると、彼女たちの競争心はいよいよ露骨になるらしい。

――わが子のために。

という大義名分を旗印に、我欲をさらけだして恥じなくなるのだ。

――ところが母君ときたら……

安世に早く親王宣下《しんのうせんげ》を、などと考えたこともないらしい。のんきというか、控えめすぎるというか。

――母子《おやこ》といっても兄貴は正反対だな。母君のおおどかさをひとつも受けついでいない。

と思ったとたん、

――あっ、そうだったのか。

冬嗣は自分のうかつさに気づく。東宮の舎人として、黙々と安殿に奉仕しはじめた兄の真夏を、ただ大人びてわけ知りになったのだと見ていたとは、なんという到《いた》らなさだったことか……

勝気な兄は、緒嗣の殿上加冠に衝撃を受けたのだ。口に出して、悪罵《あくば》することもできないほど、言ってしまえば自尊心が回復できなくなるほどの傷手《いたで》を負ったのだ。

――大人になって人間が丸くなったどころじゃなかったんだよなあ。

認識の甘さに、冬嗣はそっと顎《あご》を撫《な》でるばかりである。勝気な兄は、さっと身を翻したのだ。

――緒嗣が帝の寵愛を受けて栄光の道を歩むなら、俺は安殿皇子の許で。

真夏はひと言の弱音も吐かず、まして緒嗣に罵言《ばげん》を投げつけることもせず、意を決して安殿への献身を選びとったのだ。

――いい覚悟だねえ、兄貴。

さすが幼いころから父の相手をして政界の裏話を聞きかじっていただけのことはある、と冬嗣は感嘆せざるを得ない。もっとも彼の思いはそこどまりである。そして、幼い安世を見るとき、冬嗣は、別のことを思いはじめている。

――こいつが元服したとき、ひょっとすると俺はこいつに仕えることになるのかな。

安世はもちろん冬嗣の胸の中など知らない。暇があれば、

「ね、碁を打とうよ」

と、冬嗣に身をすりよせてくる。碁といったところで幼い彼にできるのは、せいぜい五目並べ程度のものなのだが。

「よし、よし」

相手になりながら、ふと冬嗣は眼を上げる。

しれんな。

――元服するころにゃ、こいつ、碁の相手をしてやったことなんか忘れているかも

「この春はことが多すぎた」

延暦《えんりやく》七（七八八）年の春、内麻呂がそう呟いたのは、二人の少年の元服についてのことだけではなかった。新都の造営は相変らず続いて、人夫は右往左往していたし、その上、桓武は、もう一つの大事業に取りかかっていた。

念願の――といってもいい。大規模の兵力を動員しての蝦夷《えぞ》攻略である。このとき、日本の北部、現在東北の北半分は、まだ日本領土になっていなかった。住んでいたのは蝦夷《えみし》と呼ばれる人々で、奈良朝政府は、度々征討をくりかえしたがほとんど成功せず、ときには政府側の拠点である多賀《たが》城まで攻めこまれることさえあった。

――俺は弱腰の歴代天皇とは違う。

と自負している桓武は、即位以来、これに政治生命を賭けるつもりでいる。なんとしても蝦夷を征服し、日本の領土をひろげてみせるぞ、と、これまでにない多量の兵糧の蓄積と、兵員の徴発を行ってきた。新都の建設と領土拡大――。これが桓武の政

策の二本の柱だった。

軍の出発はいよいよ来年。その指揮をとりつつ、桓武は中国の皇帝になったような気がしている。中国の王者は広袤《こうぼう》の山野を駆けめぐって覇をとなえた。自分もできることなら現地で馬を馳《は》せたいくらいである。まさに意欲満々、力づよい全楽器演奏に聞きほれていた桓武の耳に、まもなくかすかな転調が響いてきた。

寵姫《ちょうき》の一人、夫人《ぶにん》の旅子《たびこ》が、三十の若さで世を去ったのだ。たった二年前、皇子大《おお》伴《とも》を産んだばかりというのに……。彼女は例の百川の娘だけに、まず桓武の頭に浮かんだのは、

——百川、すまぬことをしたな。

という思いだった。皇后乙牟漏に次ぐ夫人の地位を与えてはいたものの、百川の功績に報いるだけのことはしてやってはいない。弟の緒嗣が官界に歩みだした姿を見せてやれたのがせめてものことだが、むしろ緒嗣が頼りになる庇護《ひご》者を失った結果になったのがいたましい。

とはいうものの、このときはまだ、桓武の耳には、蝦夷進攻軍の勝利を予告する大合奏曲が鳴りひびいていたはずだ。

ところが——

年が明け、勇躍出陣した数千人の大部隊から報告してきたのは、思いがけない大惨敗の知らせだった。衣川《ころも》をはさんで対決した朝廷側は渡河作戦に失敗し、蝦夷軍の激しい攻撃に崩れたったのだった。

「な、なんと」

激怒する桓武の前で使者は震えながら奏上する。

「はっ、思いがけない強力な抵抗を受けまして戦死いたしましたのが二十五人」

「なんだ、たったそれだけの戦死で逃げ腰になったというのかっ」

「は、その上に矢に当りました者二百三十人。溺死《できし》者一千三十六人――」

うっ、と桓武は声を呑む。千二百人ばかりは泳ぎかえったが、武器も鎧もかなぐりすてて裸同然。まったく戦力としては使えなくなってしまった。

なんたるぶざまな敗《ま》け方か。桓武は大将軍紀古佐美《きのこさみ》以下を叱りとばすが、真の敗因は、蝦夷の戦力の過小評価にあった。辺土の夷狄《いてき》とあなどっていた彼らは、優秀な鉄製の武器で装備されていたのである。

桓武はまだそのことに気づいてない。とにかく援軍の投入と補給の追加だ、とそれに追われているところへ、皇太夫人――実母の高野新笠《たかののにいがさ》が病死した。医薬の効果があがらず、畿内《きない》七道の諸寺に『大般若経《だいはんにゃきょう》』の読誦《どくじゅ》を命じた矢先だけに、

——軍備に追われ、母君への配慮がおろそかになっていたかな。

ひそかに心が咎《とが》める。じつはその数か月前から、宮廷では女官の死が続いていた。主だった者としては、命婦《みょうぶ》正四位上藤原教貴、同じく命婦従四位下大原室子《おおはらのむろこ》——。

——宮中に死の穢《けが》れが残っていたからではないか。

不吉なおののきが胸をかすめたのは、このときだったかもしれない。そして、それを裏書するように、桓武の側をまたもや葬列が通りすぎてゆく。

翌年閏《うるう》三月、皇后乙牟漏が三十一歳の若さで急死。

同年七月、きさきのひとり、坂上全子《さかのうえのまたこ》が。

いつのまにか耳の側で奏でられている調べは、葬送行進曲に変っていた。それもいつ果てるともないしつこさで、鳴りつづけている……

——いや、そんなことはない、そんなことは。

慌てて不吉な想念を打ち消そうとしたとき、耳に禍々《まがまが》しい嗤《わら》い声が響いた、と思ったのは錯覚だったろうか。

「まだ気づかないのか。さりとは鈍感な。それならもう二、三人連れていこうか。いや、そなた自身でもいいのだぞ」

妄想だ、と打ち消しながらも、桓武は、これが祟《たた》りであることを認めざるを得ない。

自分の周囲には、悪霊、怨霊《おんりょう》が群れているのだ。まず、即位への道を開くべく、追いのけた井上《いのうえ》皇后、他戸《おさべ》親王――。そして怒りにまかせて死に追いやった早良親王――黒い翼を持ったそれらの怨霊たちが、天空の闇を翔《かけ》りまわっている……。禍々しい彼らの哄笑《こうしょう》が、耳を蔽《おお》っても蔽っても、日夜桓武を責めたてる。

――そうか、蝦夷出兵軍のみじめな敗北も、みんな彼らのしわざだったのだな。俺の行く手は、ことごとく彼らによって塞《ふさ》がれている。

とまで桓武は思いつめてしまう。今から考えれば滑稽《こっけい》きわまる結びつけかただが、しかし、その思いつめようを笑いすてることはできない。なんとなれば、そのころは天候の不順も、五穀の不作も、みな王者の不徳のなせるわざということになっていたからだ。出兵の失敗も、作戦の齟齬《そご》である以前に、まず責められるべきは王者の徳性欠如であった。古代の王者は、後世とは違って、独裁的に権力を振るえるかわり、背負いきれないほどの責任を背負わなければならなかったのだ。国家を個人の権力がどうにでも動かせる見返りとして、能力の及ばない天の運行まで、無限大の責任を引きうけねばならないのが彼らの宿命だったのである。

桓武は気づいている。

さすがに臣下の誰ひとり、面と向かって過去の行為を持ちだすものはいなかったにせよ、人々の目に、彼が不徳の帝王として映りはじめていることを。強気の彼は、臣下の視線を撥《は》ねかえす。不徳を指摘されることは王者の誇りが許さない。

が、ひとり床にある深夜、そして暁――。怨霊に責めさいなまれて、桓武はのたうちまわる。

「思い知ったか、井上の、他戸の、早良の嘲笑《ちょうしょう》は、夜ごとに彼を襲いつづけて眠らせない。われらは汝《なんじ》よ。これでわれらの復讐が終ったと思ったら大まちがいだぞ。わが命のあるかぎり、つきまとって離れないであろう。もう次の獲物は決まっている」

その呪いの声を裏づけるように、皇太子安殿が体調を崩しはじめるに及んで、桓武は総毛立って立ちすくむ。

――やむを得ない。怨霊に手をさしのべねばならぬ。

意を決して、淡路《あわじ》の早良の墓に墓守をおくことを定めた。それまでは廃太子、謀叛《むほん》人として無視されていたのを、鎮魂の思いをこめて待遇を改めたのだ。

が、その配慮を無視するように、怨霊は今度は伊勢《いせ》神宮を焼いた。現実には盗賊が入って正殿や宝物の入った財殿《ざいでん》を荒しまわり、証拠を消すために放火したまでのことなのだが、こんなときも、現代と違って、責任を問われるのは管理者ではなく、桓武自身なのだ。

生れつき心情不安定な安殿の取りみだしかたはもっとひどかった。母を失ったショックから立ちなおれないことが不調の大きな原因だったのだが、本人はそう思っていない。

——母君は怨霊に呪われて死んだ。そして今度は自分の番だ。ああ、どうしたらいいんだ。

怯《おび》え、震え、ついには寝込んでしまった。そこへ神宮が焼失したと聞いたからたまらない。今度は自分が怨念《おんねん》の火に焼かれて死ぬに違いないと騒ぎだす。あまりな小心、軽忽《けいこつ》が桓武には苦々しい。なんという覚悟のなさか。

伊勢神宮の復興が急速にはじまったのを機に、桓武は安殿に伊勢参宮を命じた。直接伊勢の神前に参籠《さんろう》し、祈願をこめ、災禍を祓ってもらうためである。ちょっとつけ加えておくと、こういう参宮は異例中の異例で、明治まで、じつは天皇またはそれに准じる存在が直接伊勢神宮へ出向いた例は見られない。それだけに、

——これでわが子が呪いから逃れられるのだったら……

父としての必死の願いをこめた異例の措置だったのだが、残念ながら、伊勢行きは、安殿の心情になんの変化ももたらさなかった。相変らず半病人のような状態が続き、いつも視線に落着きがない。

そのころ、桓武はひそかな噂《うわさ》を聞く。安殿が、

「父君の尻ぬぐいを俺にさせようったって無理な話さ」

と放言しているというのだ。

「だって、怨霊が出るような種を蒔《ま》いたのは父君じゃないか。井上さまや他戸さま、早良叔父《おじ》さまを殺したのは俺じゃなくて、父君なんだからな」

噂かもしれない。あるいはそんなことを安殿の耳に吹きこんでいる誰かがいるということか。

――俺が庶人の父親なら、あいつのことを撲《なぐ》りとばすところなんだが……

桓武はじっと唇を噛《か》む。早良は自分の政策の批判者だった。それどころか謀叛を企《たくら》んだのだから、罰せられるのは当然なのだ。そして、早良が退けられたからこそ、皇太子になれた安殿ではないか。ありていにいえば、安殿、そなたを皇太子にしたかったからこそ……

いや、このことは王者たるもの、たとえ安殿の前でも口にすべきことではないのだが、肝心の安殿はといえば、そういういきさつを考えもしないらしい。

桓武と安殿の間に、少しずつ隙間《すきま》ができはじめている。

冬嗣は目下のところ、怨霊騒ぎの圏外にある。宮廷の端っこの席も得ていない彼には、たとえ手を伸ばしても届きそうもない問題ではあるが、それだけではない。もともとそういうことに敏感に反応する性格ではないのだ。

琴線に触れる、という言葉がある。それを聞くたび、胸の中に通っている一本の張りつめた糸のようなものを冬嗣は想像してしまう。

——俺にはその線がない。

どうもそれは確実らしいのだ。それは遠くで起きたそよぎにも微妙に反応し、胸の中でなにかを奏ではじめる。

——おあいにくさまだが、俺の胸の中はそういうしかけではないらしいのだ。いや、それだからって、まるきり不便は感じていないんだが。

後世には、こうした連中を呼ぶ合理主義者という便利な言葉があるが、当時にはそういう表現はない。むしろ鈍感に近いとみなされるのだが、冬嗣はそんなことは気にかけないたちなのだ。

ただ病弱な安殿に仕える兄の献身ぶりだけは、いつも視野の中にある。東宮御所に詰めっきりで、このごろは顔をあわせることは少ないのだが、少し疲れた顔をして帰ってきた兄に、彼は必ず尋ねる。

「どうですか、東宮の御様子は」

「それがあまりはっきりなさらなくて」

帰宅しても、体を休めるよりも、特効のある薬草を尋ねまわったりする真夏なのだが、苦心して手に入れた薬草も、あまり効きめはないらしい。そんなある夜、とうとう、

「じゃ、やっぱり怨霊かなあ」

冬嗣が尋ねると、しばらく黙っていた真夏は、

「そう思うのか、お前も」

逆に聞きかえしてきた。冬嗣は少したじろぐ。

「いや、よく解りませんけど。世間じゃそう言ってるみたいですね」

「ふん」

もう一度沈黙してから、

「それだけじゃないんだ」

少し声を低くした。とびきりの情報を頒《わ》けてやる、といった、いつもの傲岸《ごうがん》さは消えている。こんな真顔で話しかけてきたことはなかったんじゃないか、と冬嗣が緊張

したとき、

「帝だよ」

思いがけない言葉が兄の口から洩《も》れた。

「えっ、帝がどうなさったんだ？」

「見かぎってしまわれたんだ」

「誰を？」

「東宮をさ」

「そ、そんなことが……。だって、早良さまを辞めさせたのも、もとはといえば、安殿皇子を東宮になさりたいからじゃないですか」

「たしかに、あのときはな」

「じゃ、なにか変ったことでも」

「気がつかないのか」

兄の声はますます低くなった。

「伊予皇子《いよのみこ》だ。この間元服なさったろう」

そういえば、桓武が別系の藤原氏出身の夫人吉子《よしこ》との間に儲《もう》けた伊予は最近元服している。が、とりたてて華やかな加冠だったわけでもなし、安殿のときほど人の話題にもならなかったはずだ。しかし兄は言う。

「大変な御寵愛だよ。伊予さまの山荘には、あれから度々お出かけになっている」

いずれ帝は安殿に代えて伊予を東宮になさるに違いない、というその顔は真剣そのものだ。

「だって、山荘に行幸があったくらいで、そんなことまでは……」

兄は安殿に献身するあまり、疑い深くなっているのではないか、と言いかけたとき、

「いや、そうじゃない」

確信に満ちた言いかたを兄はした。

「帝はな、安殿さまが東宮でおられるかぎり、必ず怨霊にとり殺されると思っていらっしゃるのさ」

怨霊は早良のものだけとは限らない。井上や他戸は百川の手で非業の死を遂げさせられている。もちろん動いたのは百川ばかりではなく、藤原氏の中の式家《しきけ》と呼ばれる血筋の人々が中心だったが、安殿の母、乙牟漏はその中の一人、良継《よしつぐ》の娘なのである。だから、怨霊は安殿を許しはしない。いずれとり殺すにきまっている。そこへいくと伊予は、式家とは別系の南家《なんけ》と呼ばれる血筋の吉子を母としている。南家の系統なら、怨霊に狙われることもないのではないか。

「ふうん、しかし……」

　冬嗣は合点がいかない。

「帝は式家の一族を見かぎってはおられないと思いますがね。例の緒嗣にも、あんな元服加冠をさせたし」

「緒嗣だけは別格さ」

　冬嗣はうっかりしたことを口に出してしまったのかもしれない。兄は急に語気を強めている。桓武の側で寵愛を一身に集め、栄達への道をすでに歩みはじめている同い年の男への敵意から、兄は安殿の許《もと》へ走ったはずなのだから。それを裏づけるように、

「もう帝は式家のことなんかどうでもいいのさ」

　兄は語気を強めた。

「まさか。帝は今日あるは式家の百川のおかげだ、と度々おっしゃってますが」

「じゃ、どうして種継どのの造った内裏をこわしちゃったんだ。種継どのこそ、百川さま亡き後の式家の旗頭だったじゃないか」

「…………」

　兄の言葉は、たしかに桓武帝の一面を衝《つ》いている。自分にとって用のなくなったものは、さっさと棄てさってい く王者の気儘《きまま》さが、年を追って激しくなっていることは

認めなくてはならない。

だから——と兄は続けた。

「緒嗣さえよけりゃ、あとはどうでもいいんだ。安殿さままでまずけりゃ、伊予さまにしようと。そうすりゃ御自分も安泰だと」

冬嗣は呆然《ぼうぜん》として兄を見守る。安殿に肩入れするあまり、冷静な判断ができなくなってしまっている、と思ったとたん、相手は口を引きつらせながら笑った。

「安殿さまへのひいきのしすぎだ、と思ってるんだろう」

図星だ。間髪を入れない兄貴の鋭さに冬嗣はたじろぐ。兄の眼は吊《つ》りあがっている。口許《くちもと》は笑っているが、眼は苛だっている。

「いや、そ、そうは思わないけど。伊予さまを東宮にとまで帝がお考えとは——」

「東宮の入れかえは平気なお方だぜ、げんに早良さまを辞めさせたじゃないか」

「そりゃそうだが、伊予さまを東宮にとまでは、まさか……」

それに伊予の外祖父右大臣是公《これぎみ》はすでに死んでいる。頼もしい後楯《うしろだて》を失った夫人吉子のために、伊予の元服を急がせ、いささかの心の安らぎを得させようというためではないのか。そう言っても真夏は頑として聞きいれない。

「見ろ、このところ伊予さまの評判はひどくいいじゃないか。お心が広くて、お体もすこやかで、臣下にやさしくて……。非のうちどころがない感じさ」

たしかに、そんな噂は冬嗣も聞いている。それを真夏は安殿へのあてつけだ、と言った。誰かが意識してそんな噂を流してるのだ、と……

——これじゃもう、手がつけられん。

妄想だなどと言ったって、聞く耳を持たないだろう。そういえば、勝気で悔しがりやで、相撲《すもう》ひとつでも、負ければいよいよ猛《たけ》りたって戦いを挑んでくる兄貴だった。

冬嗣が心の中で吐息をついたのを、真夏の鋭い眼は見逃さなかった。

「おい、いやに冷たい眼をしてるじゃないか」

——来たぞ、矛先が。

「いや、そんなことは……」

われながら、まずい受けかたをしているのが冬嗣には解る。

「いいんだ、冬嗣。俺はなにもお前に手伝ってくれと言っているわけじゃない。俺はしかし、あくまでも東宮を守るつもりだ」

「そ、その気持は解るけど、兄君」

辛うじて、冬嗣は態勢を立てなおす。

「帝は決して東宮を見かぎってはいらっしゃらないと思いますよ」

「証拠があるか。証拠を見せろ」

「と言われたって……」

「そうだろう。まだ出仕もしてないお前になにが解る」

真夏の瞳の中に青い炎が燃えている。

——怨霊だ！

冬嗣は声を呑んだ。

兄貴も怨霊に操られている！　怨霊を見分ける能力のない自分だが、兄貴がなにものかに取り憑《つ》かれていることだけは、はっきり解る。それを怨霊と呼ぶべきか、人間の執念と呼ぶべきか。

他界からの悪霊が人間を操っているのか。人々の胸の中にある権力欲に火がつけられ、それがぶつかりあったとき、ただ凶悪な闘争本能だけがむきだしになって、相手を噛み殺すまで猛り狂わずにはいられないのか。とにかく、伊予を害するような過激な行為だけは、引きとめなければならないだろう。声を低くして、

「兄君が、いくら志を燃えあがらせたところで……」

と言うと、

「ひとりではなにもできん、と言いたいんだろう」

冬嗣の言葉を、またしても兄は先取りした。

「だがな、冬嗣。俺ひとりというわけじゃない」

知らんだろう、知りたいか、という、例の笑いが、はじめて鼻の上に浮かんだ。

「俺ひとりが力みかえってるわけじゃない。同じ思いの人間はいるものさ」

「ほう、それは誰？」

答えず真夏は笑いつづけている。

東宮の荒野

五月雨《さみだれ》の季節が終ったというのに、霖雨《ながあめ》は、六月に入ってもまだ続いていた。

「どうだ、一杯呑まぬか」

陰気な雨音に嫌気がさしたのか、真夏《まなつ》が冬嗣《ふゆつぐ》の局《つぼね》に姿を現わした。

「今夜は、緑の坏《つき》を貸してやる」

懐《ふところ》から取りだしたのは、東宮安殿《あて》から賜わったという緑釉《りよくゆう》のかかった唐渡《からわた》りの坏。真夏の自慢の種なのだ。ほの暗い灯《あかり》の下でも、それは雅《みや》びやかな瑠璃《るり》にもまがう輝きを見せている。

「酒はどこだ」

「あの棚です。たいしたものはありませんけれど」

「いい、いい。それに、ほれ」

気がつくと、小さな壺《つぼ》を手にしている。

「みなわただぞ、鮭の」

「みなわた？　そりゃあ珍味だ。酒の肴《さかな》には持ってこいだ」

鮭の内臓《わた》の塩辛も、東宮への献上品なのであろう。小皿の縁《へり》に少しとって舐《な》めるように味わいながら、貸してもらった緑の坏に酒を注《つ》ぐ。

「なんだか同じ酒でも、この坏だといい味がするみたいだなあ」

「肴がまたうまいからさ」

軒を伝って雨落溝《あまおちみぞ》に落ちる雨の音は、一段と激しくなっている。戸を開ければ、一面の水しぶきで眼もあけていられないのではないか。

「よく降りますねえ」

「このぶんじゃあ、大溝も溢《あふ》れてしまうぞ」

言いさして、真夏は遠くを思いやるような眼差《まなざし》になって、小さくうなずいた。

「うん、せっかく掘った隍《からほり》もな」

冬嗣は微笑を浮かべて尋ねる。

「あの隍のことですか」

「まあな」

そう言っただけで、兄弟の間の話は通じてしまう。それは都の中のことではない。

遠く離れた淡路国《あわじのくに》、非業の死を遂げた前皇太子、早良《さわら》親王の塚のまわりに掘られた空堀のことだ。

じつはこれまで、その塚のまわりには、堀さえなかった。すでに皇太子の地位を奪われた謀叛《むほん》人の墓であってみれば、鄭重《ていちょう》な扱いを受けないのも当然のことだったが、二年前、桓武《かんむ》は憤死した早良に、少しばかり手をさしのべている。淡路国に命じて、墓守《はかもり》一戸を定め、管理に当らせたのだ。

この時点で、あきらかに早良は罪人の汚名を拭《ぬぐ》われたわけだ。死後五年、完全な勝利者となっている桓武が敗者に憐《あわ》れみを垂れ、度量の広さをしめしたものと、世の中では受けとったようだが、

――今にして思えば、あれが帝《みかど》の敗北のはじまりだったな。

冬嗣はひそかにそう思っている。桓武は亡き早良に妥協せざるを得なかったのだ。母、そして寵姫《ちょうき》たち――。あいつぐ身辺の死の行列に怯《おび》えた桓武は、虚勢を張りながら、早良の霊に和睦《わぼく》を乞《こ》うたのである。

が、結果的にみれば、これは大失敗だった。

――早良に祟《たた》られている。次にやられるのは自分だ。

と思いこんでいる皇太子安殿の動揺はおさまるどころか、ますます心身の不調はつ

のるばかりだった。思いあまった桓武が、畿内《きない》の各神社に奉幣し、占わせると、

「これは早良親王の祟りでございます」

よりはっきりした答がでてしまった。その場逃れのひそかな慰霊では間にあわなくなった桓武は、ついに決心して陵墓のことを司《つかさど》る諸陵頭《しょりょうのかみ》を淡路に派遣して、早良の霊に正式に謝罪した。隍を掘れという命令を出したのもこのときだ。周辺の住民が勝手に墓域に出入りしたり、穢《けが》れたものを投げすてるのを防ぐためである。淡路国の役人や墓守の職務怠慢がきびしく叱責《しっせき》されたのはいうまでもない。

雨はまた激しくなった。

「まるで滝壺《たきつぼ》の中にでもいるみたいだな」

と言う真夏に、冬嗣は微笑を含んだ顔を向けた。

「この雨を喜んでるみたいですね、兄君」

「まさか、心配してるのさ」

「でも、少なくとも、あの隍は崩れてしまったほうがいい、とお考えなんでしょう」

「まさか」

「お隠しになるには及びませんよ。でも兄君」

緑の坏をおいて、冬嗣は坐《すわ》りなおした。

「私の考えは別です」

「ほう」

「崩れるとか崩れないの問題じゃない。いやむしろ、堀なんか掘らなければよかったのです」

「なんだって」

「墓守をおいたりしたから、つけこまれるんですよ」

「………」

「そんなことをするから、占いをさせれば、早良さまのお祟りだなんて言いだすんです。もし、なにもしなかったら、陰陽師《おんみようじ》たちが、そういう返事をしたかどうか。彼らは帝を恐れていますからね。正面きって祟りだと言うだけの勇気があるとは思えませんね」

「というと、冬嗣、そなたは」

「そうです」

冬嗣は、はっきりうなずいた。

「怨霊《おんりよう》なんてどっちにでもなるってことです」

冬嗣十九歳、兄に対して、自分の意見を明確に言いきったのは、このときがはじめ

てだったかもしれない。そして、念を押すように、一語一語を区切って言い、

「怨霊を本気で信じておられるのは、帝と東宮だけじゃないのかな。げんに兄君だって」

じっと兄の瞳の底を覗《のぞ》きこんだ。

「どこまで怨霊を信じておられるのか」

「む、む、む」

「あの折は、兄君まで怨霊に魅入られたかと、ぎょっとしましたがね。でも、東宮とはちょっと違うみたいですね」

「………」

「要は怨霊をどう使うかってことですよ。俺はまた、陰陽師に言い含めたのは東宮の側《そば》の誰かか、と思っていた」

「なんと」

「と言われるところをみると、兄君はかかわっていらっしゃらない。とすると、誰が入智恵したのか」

真夏の頬《ほお》がひきつった。

「冬嗣……」

「いや、これは想像にすぎませんがね。帝はたしかに今度のことで面目を失われた」

表面は淡路の国衙《こくが》や墓守の責任を問いつめる形になっているが、結局、桓武は自分のかつての非を衆目の前にさらけだしたことになる。

「でも、ここでうまく東宮がお元気になられればいい。が、それでもだめだったら困ったことになりませんか」

「う?」

「祟りでもなんでもない。東宮御自身が、もともと、だめなお方なんだ、と……」

冬嗣! と叫びかける兄を抑えて続けた。

「ま、そうなったらおもしろいだろうな、って思う人もあるかもしれない、ってことですよ」

「ううむ、すると」

真夏は声を低めた。

「伊予《いよ》さまの身辺か?」

「そこまでは言えない」

元服してからの伊予はたしかに評判がいい。おおらかな性格が桓武の気に入っているのも周知のことだ。

「ふうむ、伊予さまななあ」

「思いこみはやめてくださいよ、兄君。ただ、私の言いたいのは、怨霊なんてものは、使いようでどうにでもなるってことです」

「それはそうだ。でも、東宮はな……」

真夏は暗い眼になった。

「祟りに悩まされていらっしゃることはたしかだ。が、それには、わけがあるんだ。なにしろ、お心のやさしい方だから――」

言いかけたそのとき――。

ずしん、と地を揺るがすような響きがした。

「なんだっ」

真夏は早くも立ちあがっていた。外の雨音はいよいよ激しい。

「地震《ない》か？」

冬嗣もおもわず口走ったとき、地唸《じうな》りにからむようにして、雷がとどろいた。どどっ、どどっと無気味な音が地の底を伝わってくる。

「どうしたっ」

真夏が戸を引きあけたのと、

「あっ、いけませぬっ」

外にいた従者が叫んだのと同時だった。

瞬間、空いっぱいに白刃を振りおろすように、稲妻《ひらめ》が閃き、

「あっ！」

男は地に倒れ伏した。

「いけませぬっ、戸をお閉めくださいっ」

倒れながら男は必死に喘《あえ》ぐ。

「どうしたんだっ」

「大水です。路《みち》はもう川になってしまいましたっ、いまにもお邸《やしき》の中に流れこんでき
ますっ」

京内の川が霖雨で溢れんばかりになっていたところへ大雷雨が襲ったのだ。川の水
は逆流して、京じゅうに噴騰《ふんとう》した。降るというより、地下から湧《わ》きたち、噴きあげて
くるという感じだった。

それにしても、地の底を揺するようなあの無気味な音はなんだったのか？

一夜あけて、冬嗣は、はじめて音の正体を知った。長岡京の内外を荒しまわった霖雨の後の大雷雨が思いがけなく宮中の官衙《かんが》を襲ったのだ。長岡宮は都の北部中央の台地の上にある。宮の外を流れる小畑《おばた》川や小泉川がたとえ氾濫《はんらん》しても、だから、宮の中は絶対安全と思われていたのだが、台地の北から南へのゆるい傾斜がかえって禍《わざわ》いして、宮外に捌《は》けきれない水が南端に近い式部省《しきぶしょう》の一廓《いっかく》に溢れ、築地《ついじ》の下を刳《えぐ》りとって、宮門の大崩壊を起したのだ。

長岡京は遷都後八年経ったいまも、決して完成したわけではない。その上難波《なにわ》の宮殿を移して一時凌《しの》ぎをした内裏やその他の建物は再度建替の時期にさしかかっている。奈良の都の宮門を移築して、完成をめざしている折も折、この事件の人々に与えた衝撃は大きかった。

「奈良の都だって、こんなことはなかったはずなのにな」

時期も悪かった。早良の淡路の墓に謝罪使をさしむけた後で起った大事故である。

「やっぱりお祟りはおさまらぬとみえる」

そんな囁《ささや》きが宮中を駆けぬけたのは、裏から操る人間がいるのか。人心を揺すぶるには、まことにみごとな機の捉《とら》えかたというほかはない。

桓武は、宮門の倒壊よりも、人々の囁きに、むしろ心をおののかせたらしい。遷都当時のあの決断にみちた颯爽《さっそう》たる姿はどこかにいってしまった。

その傷ついた王者に追いうちをかけるように、八月のはじめ、長岡京全体を蔽《おお》う大水害が発生する。またもや豪雨が降りつづき、京内を流れる小畑川、小泉川、羽束師《はつかし》川が氾濫し、都じゅうを水びたしにしてしまったのだ。六月の場合は雷雨だっただけに、一時的な鉄砲水でことはすんだが、今度はそうはいかなかった。小畑川も羽束師川も都の中を流れた後、東側から都を抱えこむように流れている大きな桂《かつら》川に注いでいる。今度の豪雨は長期で、しかも広範囲にわたるものだっただけに、まず桂川が大増水し、小畑川などの流れを受けいれるどころか、むしろ本流の濁水を多量に逆流させてきた。

まるで巨人が小さな人形の袖に指を突込むように、無遠慮な桂川の濁水は、瞬時に小河川をぼろぼろに崩壊させた。都じゅうに泥流がたゆたい、猛烈な悪臭が鼻をつく。

「あっというまのことでなあ。身一つで逃げるのがやっとだったわ」

「ああ、米も薪《まき》も、持ちだす暇がなくてなあ」

人々はわずかに残った高みで慄《ふる》えながら一夜をあかした。

「水が退《ひ》けば、竈《かまど》や羽釜《はがま》は見つかるじゃろかなあ」

そんなものは洗って使えもしようが、継ぎはぎだらけの古着などは、濁水の中で腐《くた》れてしまうかもしれない。

大洪水の翌々日、桓武はみずから、河川の合流地点に近い赤目埼《あかめがさき》に出て、惨状を視察した。翌日、ただちに、人々への救恤《きゅうじゅつ》が行われたのも異例の速さであった。

が、その後の桓武の行動はいささか異常だった。五日後、宮廷で豪華な饗宴《きょうえん》を開き、官僚たちに布帛《ふはく》を下賜したのである。そして、同じような饗宴は月が変った九月四日にふたたび行われた。

それに続いて、桓武はさらに憑《つ》かれたように異常な行動に出る。あの水害が、都の中に大きな爪跡《つめあと》を残しているというのに、連日のように付近に遊猟に出かけるのだ。根っからの鷹狩《たかが》り好きとはいえ、これはいったいどうしたことか。

九月、大原野《おおはらの》、栗前野《くりくまの》、登勒野《とろくの》、交野《かたの》へ。

十月、大原野、閏《うるう》十一月、水生野《みなせの》、葛葉野《くずわの》、大原野、石作丘《いしづくりのおか》へ――

民の苦しみは続いているというのに。一回だけの救恤で十分だとでもいうのか。

「まったく、帝のなさりようは解らん」

真夏は冬嗣に向かってこう言った。幸い高級官僚の邸は都の高みにあり、彼らの家は被害も少なくてすんだとはいえ、荒廃の跡を残している現状を見れば、眉《まゆ》を寄せざるを得ない真夏なのである。

「民の苦しみをよそに御遊猟とはな。これじゃ、わざわざ御自分の評判を貶《おと》そうとしておられるようなもんじゃないか」

なぜか、真夏の言葉には、冬嗣の意見を引きだしたがっているような気配がこめられている。たしかに、あの大雷雨の夜から二人の関係は少し変った。今までは優越感をひけらかしたがった彼は、少し身構えて弟の値踏をしようとしているらしい。

——ははあ、兄貴、さぐりを入れようというのか。

こんなときは、

「さあな」

知らんふりするのにかぎる。しかし、真夏は、

「どう考えてもおかしいよ、英明な帝がさ。しかもだな、冬嗣」

そっと声を低めた。

「赤日埼にお立ちになったときに」

あたりを窺《うかが》う眼つきになって、真夏の声は囁くばかりになった。

「帝はかすかにうなずかれたという。それもな、薄い微笑《ほほえ》みさえ浮かべられて。まるで大水を喜ばれるように」

「まことですか、それは。兄君はごらんになったので？」

「いや、お供などするもんか。人の話さ」

冬嗣の頬にも、ゆっくり微笑が浮かんだ。

「それじゃ、もう、決まりじゃないですか」

「え？」

「御決心がついたんですよ」

「…………」

「遷都の御決心が。というより、そうだな、いい口実を見つけたってことかな。この惨状じゃどうにもならぬ。いくら都造りに励んだとて、また大水が襲ってこないとはかぎらない。これ以上、民の苦しむのを見るにはしのびない」

「…………」

「そう読めば、翌日すぐに御救恤の品が配られたのも納得がいく。いい口実じゃありませんか。怨霊に追われて逃げだすんじゃない。民草の苦しみを思えばこそ……」

喋《しゃべ》りながら、ふと冬嗣は気がついた。

「兄君、なぜ、さっきから黙っておられるんです」

「ふ、ふ、ふ……」

真夏の頬にも同じような微笑が浮かんだ。

「いや、じつはな、俺もそう考えていたのさ」

「なんだ、人の悪い。私にばっかり喋らせて」

「まあ怒るな。それにしても冬嗣。いつのまにかお前も一人前になったな」

なにかしかけがあるような気はしていたが、知らず知らずに冬嗣は喋りはじめていたのである。

——やっぱり兄貴のほうが一枚上手《うわて》かな。

「じゃあ、御遊猟のほうはどうです。大水の後だっていうのに、御遊楽が続くのは」

冬嗣は今度は聞き手に廻《まわ》ろうとした。自分ばかり喋る手はない。誘いに乗るものか、と身構えかけたとき、

「知れたことさ」

案外、あっさりと真夏は言ってのけた。

「御遷都先をお探しになっているのさ。なにしろ気の早いお方だから」

——どうだ、お前もそう思ってるんだろう。

そんな目配せのしかたに、冬嗣もにやりとする。

「ま、我々も大原野あたりに遠駈《とおがけ》してみませんか」

枯れ残った穂薄《ほすすき》さえ、そよとも動かない重い曇り空の日――。大原野はそんなときがいちばん冷えこむ。

風のある日には、肌を刺されて震えあがるものの、その風に立ちむかうとき、原野《げんや》一帯に、荒々しい冬の息づかいが感じられるのだが、その息づかいが停止すると、ふと、季節そのものが死に絶えたような錯覚に襲われる。樹々も枯草も、瞬時に時間の記憶を失って凍《い》てついてしまっている。

その底なしの静寂を打ちやぶるためには、若者は野獣めいた叫び声をあげて、やたらに馬を走らせるほかはない。

「兎一匹出なかったよなあ」

息をはずませて、真夏は冬嗣をかえりみた。いまでも真夏のほうが数段馬の乗りこなしかたは巧みである。辛うじて追いついた冬嗣は、

「でも、いい気散じにはなりましたよね」

にじみかけた額の汗を拭った。大原野の死んだような静寂は、たしかに彼らによって掻《か》きみだされ、わずかに生命の記憶を呼び戻したかにみえる。

「兄君は、東宮さまの遠駈にもお供するんでしょう」

跑《だく》を打たせながら冬嗣が聞くと、

「いや」

真夏はそっけなく答えた。

「どうして？　兄君がついておられれば、上達なさるのに」

「………」

真夏は馬の足をゆるめた。

「東宮は遠駈がお嫌いなんだ」

「ほう」

「嫌いというより、その気になれないんだな」

「祟りのことばかり考えておられるから？」

「………」

「いい気散じになるのになあ。怨霊なんか吹飛んでしまうかもしれないのに」

「いや、だいたい、怨霊よりも……」

兄の言葉に、ふと、大雷雨の夜のことを思いだした。あのとき、彼は、

「祟りに悩まされていらっしゃることはたしかだが、それにはわけがあって」

と言いかけたのではなかったか。

「思いだしましたよ、兄君」

同じことを考えていたのか、眼顔でうなずいて、あのときと同じことを言った。

「心のやさしい方だからな」

言いながら、その言葉じたいに、兄は苛《いら》だっているようにみえた。なにか、いまひとつ自分の思いを言いたりていないもどかしさがあるらしい。そして、冬嗣はといえば、その言葉さえも受けとめきれず、的はずれの言葉を吐いて、いよいよ兄の苛だちを深めたのだった。

たとえば、真夏が、

「なにしろ、母君をなくされてお淋《さび》しいのさ」

と言えば、彼は、

「二十歳《はたち》にもなってですか」

と言ってしまう。真夏はもどかしそうだ。

「父帝のお側には女が多すぎて」

と言えば、冬嗣はけろりとして応じる。

「わが家だってそうじゃありませんか」

たしかに、父の内麻呂《うちまろ》も、冬嗣たちの母との仲が途絶えたころから、都のあちこちに通い所ができて、何人か子供が生れているらしい。

「でも、それとはわけが違う。父君があちこち通われても、父君は父君だ」

しかし帝という立場上、桓武が安殿の父である部分はきわめて少ない。しぜん、安殿は父と親身の話をする機会もない。母を失った皇子は、ひどく孤独なものなのだ。

「でも、そのかわり、乳母《めのと》が何人もいるじゃありませんか」

「小殿刀自《おてのとじ》や武生刀自《たけおのとじ》か。みんな気のきかない役立たずさ。東宮のお心のやさしさなんか、解りっこない」

お心のやさしさ、ともう一度口にしながら真夏は、その言葉が、安殿の心情を伝えていないことにさらに苛だつ。

繊細、デリケート……。そんな簡便な言葉がそのころあったら、真夏はそれに飛びついていたろう。が、当時は彼らの思考と語彙《ごい》のなかに、安殿の心情にかかわるそうした言葉がなかった。さらにいえば「愛」という、いささかお手軽で解りやすい言葉も……。

心の底では、かすかに理解しあいながら、冬の枯野で、彼らは、愛に飢え、おののき、絶望に陥っている東宮安殿について語りあっている。

馬をとめたときから、ふたたび凍《い》てついた静寂が身を包みはじめているのを冬嗣は感じている。

――つまり東宮は、こういうところにひとりで立っているってことか。そりゃあ淋しいだろうな。

彼の思いはしかしそこまでだった。安殿が十四しか年の違わなかった母の乙牟漏《おとむろ》に、憧《あこが》れに似た思いを懐《いだ》き、それが狂おしいまでの執着に変り、その母の死とともに、魂のすべてを砕かれてしまったことなどは、とうてい理解してもいない。

それは、はたして母への愛だったのだろうか。すでに安殿は限界を超え、禁断の惑《わく》溺《でき》に引きこまれかけていたのでは？　さすがにこれは真夏も気づいていないことだったが。

だから、冬嗣が、

「じゃ、女は？」

と尋ねたのも、若い男の、ごく平凡で単純な発想でしかなかった。

「女か？」

「ああ、もう東宮だって、母君よりも女が欲しいお年頃ですよ。いい女にめぐりあえさえすれば、母君の思い出は薄くなる。こんなときには、女にかぎるんだ」

性について、そんなことの言える年頃に二人はなっている。つい先ごろまでは、肉体への好奇心にのたうちまわり、相手がどんな女童《めのわらわ》と、どこでなにをしているかを、獣のように嗅《か》ぎまわっていた兄弟だったが、さすがに子供っぽい興奮の時期は過ぎていた。

「女か」

真夏は微苦笑する。

「どうも、そこのところが、東宮は御運がなくてな」

そのころのしきたりに従って、元服のころ、安殿には少女が侍《はべ》った。百川《ももかわ》の忘れ形見の帯子《おびこ》だが、

「東宮のお好みにあわなくてな。器量もいいというわけじゃなし」

ついで、二人、三人と安殿の身辺には、女の香がしだいに濃密にたちこめるようになってはいたが、その中に溺れこむということはないらしい。

「淡泊なのかなあ、ふしぎだな。兄君とは同い年でも大分違う」

「こいつ！」

鞭《むち》をふりあげる真似をしてから、真夏は、

「もう帰るとするか」

馬の頭をめぐらした。

「まあ、そのうちお気に召す媛《ひめ》が近づくこともありますよ。そうなりゃ、祟りなんか、いっぺんに吹飛んでしまう」

冬嗣が言ったのも、通りいっぺんの挨拶だったし、真夏が、

「近くもう一人お側に侍るはずなんだが」

とうなずいたのも、ことのついでの話題でしかなかったのだが……


宿直《とのい》に当っているわけでもないのに、このところ、真夏は東宮御所に詰めきりで、めったに家に帰ってこない。来ても、そそくさと着替えを引張りだしたりして、すぐ東宮へとって返す有様だった。

「兄君、やけに忙しいんですね」

まだ正式の出仕が決まらず、暇をもてあましている冬嗣には、むしろ兄の落ちつかない素振りが滑稽《こっけい》にさえ見えるのだが、こんなとき、兄は、ああとか、うんとか、いいかげんな返事しかしない。だから冬嗣はいよいよ兄をからかいたくなるのだ。

「まるで、東宮の臣下は兄君ひとりみたいじゃないか」

にやりとして言ったのは、いつごろだったか。すでに冬が終って、春のきざしが空

を潤ませはじめたころではなかったか。そのとき、真夏は珍しく、まともに冬嗣をみつめた。

「そう思うか、お前も」

いや、冗談です、とは言いかねる真剣な語気に、冬嗣はへどもどした。

そのとき、押し殺した声で、真夏は言った。

「俺はいま、体を張ってるんだ」

——なんとこりゃ大仰な。

にやりとするより前に、呆気《あっけ》にとられて冬嗣は兄の顔を見守った。

「いったい、なにが起ったんです、兄君」

「誰にも言うなよ」

念を押した顔が、いやに深刻だった。

「もちろんですとも」

つられて冬嗣も真顔になる。

「じゃあ話すが、もちろん、俺がお守りしているのは東宮だ」

「はあ、それはそうでしょうが」

「二六時中、俺ともう一人が、東宮の隣の局にいて見張りをしている」

もう一人というのは、藤原葛野麻呂《かどのまろ》。彼らとは別系で、父の小黒麻呂《おぐろまろ》は、桓武側近の重臣、暗殺された種継《たねつぐ》の後を受けて、長岡京の造営、その他政策の推進に当ってい る。葛野麻呂も真夏たちより二十歳くらい年長で、すでに右少弁《うしょうべん》の任にある。太政官《だいじょうかん》の中枢部の事務官僚である。それだけに、東宮に出仕する時間もかぎられているので、しぜん、真夏が二六時中、安殿の側近で警戒に当ることになるらしいのだ。

「へえ、なにが起ったんです」

冬嗣の問に真夏は答えなかった。

「また、なにか陰謀ですか。東宮をつけ狙う動きでも?」

「…………」

元服した伊予親王に、真夏が警戒の眼を向けていたのを思いだした。しかし、ややあって、真夏が口にしたのは、そのこととはまったく別のことだった。

「冬嗣、お元気になられたよ、東宮は」

「ほ、そうですか、それはなにより」

「お前の言うことも半ば当っていた」

「私がなにか言いましたか」

「忘れっぽいやつだな。東宮の御心《みこころ》を慰めるのには、女にかぎるって」

「そうでした。じゃ、いい女の人が見つかったというわけ？」

そういえば、先ごろ、若い女性が東宮の後宮入りしたという話を冬嗣は聞いている。

「ええと、どういう方でしたっけ」

「藤原の縄主《ただぬし》どのの姫君さ」

縄主は三十代半ば、左中弁《さちゅうべん》の職にある。仕事の上でも葛野麻呂と親しかったことを思えば、入内《じゅだい》の橋渡しをしたのはこの二人だったかもしれない。

「そりゃあ、よかった。やはり私が言ったとおりでしょう。淋しいときはね、女にかぎるんだ」

「そうだ、そのとおりなんだ」

「けっこうじゃありませんか、その姫君に東宮の御心が動いたっていうんなら」

ふしぎにも、真夏はうなずかなかった。そして、奇妙な呟《つぶや》きを洩《も》らしたのは、しばらくしてからである。

「うん、その姫君に御心が動いたのならな」

「え、そうじゃなかったんですか」

「誰にも言うなよ」

真夏の眼が光った。冬嗣ににじりよって声を低めて語ったのは、思いがけないことだった。

新しく女性が召されたとき、しかるべき家の娘なら、相応の支度をととのえて後宮に入ってくる。このとき、宰領役として娘の母親が従うことが多い。二百年ほど後の、平安中期の史料では、母親が娘につきそい、新床入《にいどこいり》するまでの一切の世話をし、最後に、床入した二人の上に新衾《にいぶすま》をかけて退出している。

このときも縄主の妻は、かいがいしく娘につきそった。

「その姫の母君を見たとき――」

真夏の声は苦しげな吐息に変った。

「東宮は、母君だっ、と思ってしまわれたんだ。母君が黄泉《よみ》の国から戻ってこられた、と……」

その夜の新床は不調に終った。東宮安殿の心の乱れが招いたことかもしれない。娘はすすり泣いて退出しようとしたが、安殿はこれを押しとどめた。

「行かないでくれ。行ってしまわないでくれ」

懇願した相手は、しかし、その娘ではなく、娘の母親だった……

語りおえたとき、真夏は眼を閉じていた。ややあって、ひとりごとのように彼は続けた。

「東宮は仰せられるんだ。な、母君とそっくりだろう。生き写しだな、お顔も声も、って。俺たちから見れば、それほど似ているとは思えないんだが」

「それで？　その縄主どのの妻室の名は？」

「藤原薬子《ふじわらのくすこ》。故種継卿《たねつぐきょう》の娘御だ」

「それはふしぎな縁というか……」

安殿はその日から、薬子の体にのめりこんだ。はじめて女の体に触れる愉《たの》しみを知った、と安殿は真夏に言ったという。

「抱く、というより抱かれるんだな。薬子の体に吸いこまれてしまうんだ」

安殿はそう言って憚《はばか》らなかった。その後で彼は真夏に打ちあけたという。

「母君が亡くなられたとき、はじめて俺は母君の乳房に触れた。まだかすかなぬくもりを残した、いい形の乳房だった。そのとき、この乳房がはじめて俺のものになった、と思った。だって、乳母に育てられ、一度も俺は母君の乳房を握ったことなんかないんだもの。ふしぎだな。亡くなられたとき、俺は母君をやっとひとりじめしたんだ。俺は父君から母君を奪いとったのさ」

死を媒介にした完全な独占は、しかし、同時に完全な喪失を意味する。

――なるほどなあ。母に別れた息子が、母に似た女を追いもとめるなんて珍しい話じゃないけれど、しかし、これはどうも……

安殿は異常すぎる。桓武との間のもつれは単なる親子の桎梏《しっこく》以上の複雑なものを含んでいるのだ、とはじめて冬嗣は知ったのだった。

「ふうむ、すると怨霊なんていう単純なものじゃなかったわけだ」

真夏はうなずいた。安殿の抱える暗闇の底を、彼もはじめて見せつけられた思いでいるらしい。以来、安殿は人が違ったように明るくなった。とはいえ、きさきとして入ってきた女《ひと》の母親と、ただならぬかかわりを持つことが露見したら？　真夏たちの不安が昂《たか》まったとき、安殿は、こともなげに言った。

「いいさ。薬子を東宮の女官ということにすりゃいい」

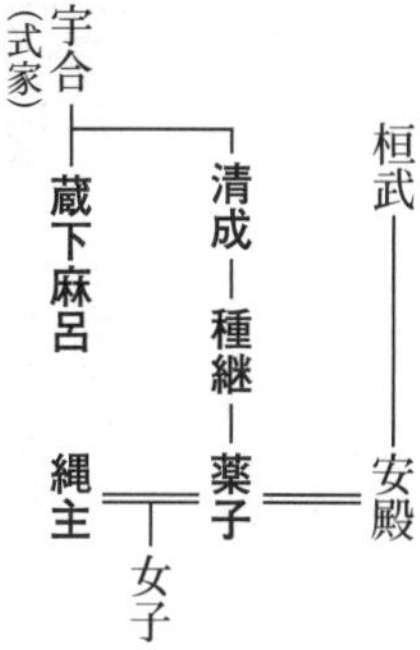

こんな狡猾《こうかつ》な智恵が即座に出るのも、これまでにないことだった。
名案である。
これまでも、皇后乙牟漏の生母、安倍子美奈《あべのこみな》は、後宮の女官として、尚蔵《くらのかみ》兼尚侍《ないしのかみ》という最高位にまで上りつめている。薬子はただちに女官として東宮に出仕し、安殿の意向を伝宣《でんせん》する東宮宣旨《とうぐうのせんじ》の肩書を与えられた。いざ表舞台に登場すると、薬子の宣旨としての活躍は水際だっていて、これがまた安殿をほれぼれとさせてしまったのである。

「薬子、そなたはなにをやらせてもみごとだな」

「私は種継の娘でございますもの」

薬子は、種継の存在が、しだいに忘れさられていくことに恨みを含んでいるらしい。それはひとえに、過去のものを振りすててゆく桓武の冷酷さにある、と思いこんでいるようである。そういう点でも安殿と薬子の共感は深まっていった気配がある。

一応東宮宣旨の任命によって、事実は糊塗《こと》された。

「が、こういうことは必ず洩《も》れる。洩れないほうが、ふしぎなんだ」

真夏はあくまで冷静だった。離れていても、桓武の眼は光っているし、左右の手足となる人間にはこと欠かない。だから自分が二六時中、安殿の身辺を警戒する必要がある、と言うのを、冬嗣は遮った。

「それは行きすぎじゃないか兄君、なにも二六時中眼を光らせなくたって、御寝所にいるときとか……」

「それが、そうじゃないんだ」

真夏は眩《まぶ》しそうにまばたきをくりかえす。

「なんで？」

「つまりだな」

二六時中、安殿は薬子を手放さない。

「夜も昼も、っていうことか」

「ああ、昼日中も、御帳台《みちょうだい》に入られて」

そんなとき、偶然かどうか、桓武の身辺の者がふいにやってくることがある。

「この間もな、葛野麻呂どのが詰めておられたとき、帝の使が突然やってきた」

葛野麻呂は、しどけない姿の薬子を引担《ひっかつ》いで塗籠《ぬりごめ》に走った。わずかな入口を除いて四方を壁で塗り固めたそこで息をひそめていれば、よそから気づかれることはない。

「そこで、葛野麻呂どのはだな」

真夏は歯の間から、重苦しい息を押しだすようにした。

「東宮宣旨と……」

「えっ」

真闇の中で、指先だけが異様に敏感になる。体を寄せあううち、指の先だけがひとりでにうごめきはじめるのを抑えることができない。そして冬嗣の体内の想像もうごめく。

——そうか、そういうことか。そうだろうとも……

真夏も体内のなにかを必死で抑えこむように、わざと乾いた声で言った。

「葛野麻呂どのは言うんだ。すごい体だったぞ、って。ああいう女ははじめてだって」

「でも、東宮は？　東宮が御存じになったら」

冬嗣も声を押し殺す。

「それがさ、ふしぎなんだ。なんというか、薬子どのに丸めこまれたというか」

「ほう」

「私と葛野麻呂とが恋仲だってことにしましょう。そうすれば、東宮さまのお側にいても怪しまれませんもの。こう薬子どのは言ったらしい。東宮は大喜びなんだ」

「えっ、大喜び？」

「いいとも、なんでもいい、そなたがいてさえくれればいいって」

「でも、夫の縄主どのは？」

「それも黙って知らんふりさ」

「妖怪《ようかい》地獄だな。それこそ怨霊のしわざじゃないのか」

真夏は苦笑した。以来、葛野麻呂は大っぴらに薬子を誘うのだという。いや、薬子に誘われるというのが真相らしい。

「ふしぎな女だなあ」

言いかけて、ふっと冬嗣は真顔になった。

「で、兄君。兄君はどうなんです」

「俺か」

真夏の顔に翳《かげ》が走った。

「俺も……。俺もじつは、何度か誘われた」

「……それで？」

「俺は耐えている」

きっぱりした口調だった。

「葛野麻呂どののように、二人して塗籠にひそむことがあったとしてもだ。俺はたぶん耐えぬくと思う」

吐息をついたのは冬嗣のほうだった。

──そうか。兄貴はそういう男だったのか。

改めて兄を見なおす思いだったのだ。

「冬嗣。知ってのとおり、俺も女は好きだ。その俺が耐えるというのは、至難のことだぞ」

——俺にはたぶんできないだろうな。

冬嗣は自身の中に逸《はや》りたつものを抑えかねていた。その夜、邸の暗闇に潜んで、顔もたしかめもせずに、女童《めのわらわ》を力ずくで犯したのは、それ以外に、ほとぼりの冷ましようがなかったからだ。

犯して犯しぬいた、といったらいいかもしれないのに、なにひとつ快感は得られなかった。放出した自分の体液が、これほど嫌《いと》わしく臭《にお》いたったこともない。自己嫌悪に陥りながら、冬嗣は呻《うめ》いた。

——兄貴にはかなわないな、俺は。

帰りしなに言った兄の言葉が耳底に響く。

「ま、こんなことは長続きはしないさ、いずれなにかが起る。そのとき、冬嗣、力になってくれるか」

——ああ、そのとき、俺はあいまいな返事しかしなかった。

真夏と同じく、いずれなにかが起るだろうという予感は、むしろ確信に近いものになっていた冬嗣ではあったのだが……

宴、その後

奇妙な流行があった。

「奉献《ほうけん》」

天皇に捧《ささ》げられる豪奢《ごうしゃ》な大饗宴《だいきようえん》である。これに似た催しは、以前にもなかったわけではないが、桓武《かんむ》治世のそのころ、爆発的な流行を見せることは、奇異というよりほかはない。

いや、歴史の中の事象は、常に、後世の人間には、いまひとつ理解の届かない面があるものらしい。たとえば一九八〇年代、大流行した政治家を励ます会も、たぶん、千年後の人々の首を傾けさせることだろう。なぜあのとき、日本人はやたらと政治家と語りたがったり、政治家を励ましたがったのか。急に日本人が政治が好きになったとか、魅力ある政治家が登場したために励まさずにいられなくなったという解釈が、およそ的はずれであると同様に、「奉献」を、突如当時の人々が饗宴好きになったためと解釈するのも、歴史的理解にはほど遠い。

もっとも、現今の政治家のそれが露骨な政治資金集めであるのと違って、「奉献」は吸いあげを目的としない、ばらまき大饗宴で、そのかわり主催者の縁辺の者が褒賞として位を上げてもらうしくみになっている。しかし、政治権力の誇示であるという意味では、千二百年の時間を超えて妙な相似性を持つ。

真夏《まなつ》が、安殿《あて》と薬子《くすこ》の情事をひたかくしにしようとしていたそのころの「奉献」は、

延暦《えんりやく》十二（七九三）年一月　大伴《おおとも》親王
〃　藤原小黒麻呂《おぐろまろ》
二月　伊予《いよ》親王及び山背国司《やましろのこくし》
〃　高津《たかつ》内親王
〃　藤原継縄《つぐただ》

というおびただしさだ。

薬子との密事もさることながら、真夏はこれらの動きに神経を尖《とが》らせざるを得ない。

「大伴さまはまだ八歳、元服もすませていない。奉献を、なんて言いだせるお年頃じゃないさ」

いささか苛《いら》だった瞳の色で、彼は冬嗣《ふゆつぐ》に言う。

この章の主な登場人物の関係図（細字名はすでに死没）

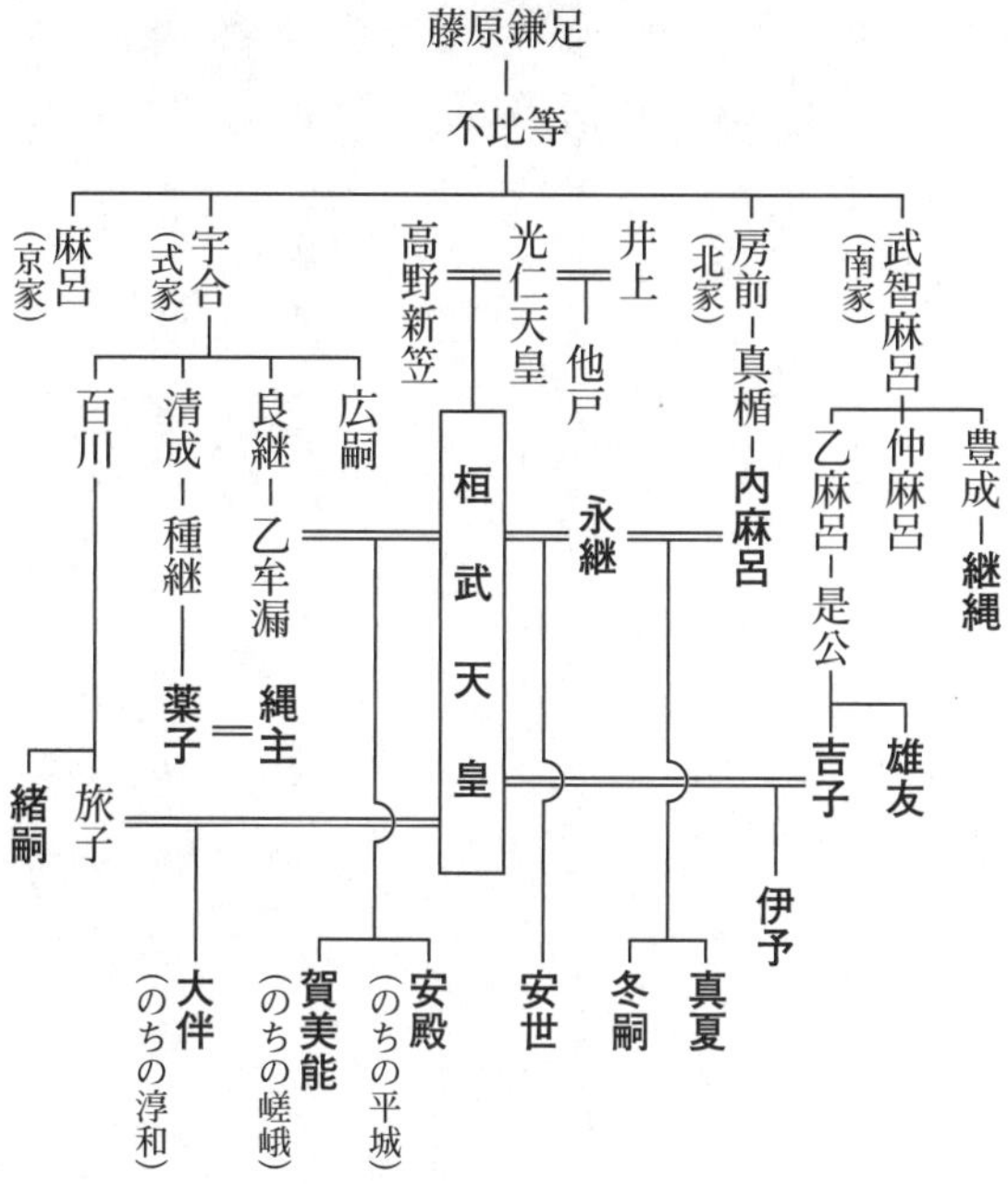

「そりゃもちろん、担いでいる人間がいるからでしょう」

――この言いかた、そそのかしだってこと、兄貴、気がついたかな。

内心にやりとしながら、冬嗣はあくまで無表情を装う。

「緒嗣《おつぐ》さ」

その名への敵意を真夏は隠さない。同い年ながらすでに従五位下に任じられている緒嗣は、桓武の寵愛《ちょうあい》をうけ、中衛少将《ちゅうえのしょうしょう》に進んでいる。安殿に寄りそうように奉仕しているものの、無位の真夏とは、天と地ほどの開きができてしまった。大伴親王は緒嗣の姉の亡き旅子《たびこ》が、桓武との間にもうけた皇子だ。廟堂《びょうどう》での足がかりを得た緒嗣は、元服前の皇子の存在を印象づける第一歩として、まず大伴の名で奉献を行ったのだ。

「大伴さまもだが、緒嗣どの自身の売りだしだな」

さらりと冬嗣は呟《つぶや》く。そう言ったほうが、言葉の刺戟《しげき》は強くなることは承知の上だ。はたせるかな、真夏は吐きだすように言う。

「それに決まってるじゃないか」

が、いかに歯嚙《はが》みしようと、今の兄貴は緒嗣の足許《あしもと》にも及ばない。なにしろ奉献には莫大な費用がかかる。豪奢な饗宴の支度はもちろんだが、臨席する天皇はじめ高官に献上品を奉らねばならない。それにはもちろん天皇側からの有形無形の恩賞があるのだが、こういう大舞台を取りしきる力は真夏にはまったくない。

いや、それよりも、真夏の心がかりなのは、伊予親王の奉献だ。元服して以来の伊予は、いよいよ桓武のお覚えめでたく、ちょっとした狩猟にも、

「伊予、行かぬか」

誘うのは安殿ではなくて伊予なのだ。その伊予が、山背国司らと共同で行った二月の奉献は、群を抜いて贅沢《ぜいたく》きわまるものだった。この日、栗前野《くりくまの》の遊猟の後で伊予親王の山荘で行われた饗宴には、唐渡《からわた》りの玉坏に美酒が溢《あふ》れ、緑あざやかな水菜と香ばしい雉《きじ》の焼肉が食膳《しょくぜん》を彩った。

饗宴を取りしきったのは、伊予には伯父《おじ》にあたる藤原雄友《おとも》である。雄友は真夏たちとは別系の藤原南家《なんけ》の出で、その父是公《これぎみ》は数年前まで生きていて、廟堂の首席である右大臣の座にあった。藤原一族が何者かに呪われたかのように次々世を去る中で、南家の一族だけは健在で、是公も六十三まで生きたし、その娘で伊予を産んだ吉子《よしこ》も早死を免れている。

雄友は是公の死の翌年、父に入れかわる形で参議に任じられた。閣僚級の座を占めたわけで、緒嗣よりさらに権力の中枢に位置している。廟堂の要職にある外戚《がいせき》を持ち、母も健在という点で、伊予は最も安定した後楯《うしろだて》を持っているといえる。

「帝《みかど》が伊予さまにお目をかけられるのは、あの一族だけが祟《たた》りを免れているからなんだ」

前に真夏はこう言ったことがある。豪奢な奉献によって伊予の存在はより重みを増した感じで、それだけ、安殿側には差を縮められた焦りがあった。

「負けていられないからな」

真夏がそう言ったのは直後のことで、一月《ひとつき》も経たないうちに、安殿による奉献が行われた。微臣である真夏はもちろん先ごろの伊予の饗宴に連なったわけではないが、彼特有の嗅覚《きゅうかく》で、そのときの宴の献立から献上品まで、すべての明細を手に入れ、

——それより、ひと掻《か》きでも上に。

と、その準備に走りまわった。

それだけに、奉献の終ったその夜、

「肴《さかな》ひとつだって負けはしなかったぞ」

と、真夏は冬嗣の前で胸を反らせた。とりわけこの日奏でられた管絃《かんげん》や舞のみごとさは、桓武を上機嫌にさせたという。その日の宴では蔭《かげ》の使い走りしかつとめられなかったとはいえ、安殿の館《やかた》に寄りつけもしなかった冬嗣に比べれば、真夏は格段の優位に立ったわけである。

「ふん」

得意げな真夏の前で冬嗣は薄く笑った。

「御苦労さまでしたね、それは」

「なんだ、それは」

真夏は気色ばんだ。

「いや、お疲れでしょうと言ってるんです」

「労《ねぎら》いとは思えぬ言いかただな。言いたいことは、はっきり言え」

「そうですか、では」

冬嗣の口調はより静かになった。

「兄君の御努力はみごとですが、それがどれだけの役に立つか」

う、と真夏はけものじみた唸《うな》り声を喉《のど》に詰まらせた。

「伊予さまには負けたくない、とお思いなのは解りますよ。しかし、そんなことで勝負を張ったって、なんにもならない、と思いますがねえ」

「…………」

「もし、今度、伊予さまが、これを上廻る奉献をなさったらどうします」

「…………」

「そうしたら、また東宮さまもおやりになるんでしょうかねえ。きりがないと思うなあ、俺は」

「…………」

「だいたい、つまらん流行《はやり》ですよ、奉献なんて。たしかに力のほどを見せつけるには、いちばん簡単だし、わかりも早い。皿数とか、集まる人数とかね。あいつは誰に肩入れしてるか、一目瞭然だ。でも、ただそれだけのつまらん勝負だと思うなあ」

今ふうに言えば、デモンストレーションの効果と限界を、冬嗣は見ぬいていたことになろうか。たしかに、豪奢なしかけの中での権力の誇示はそれなりの効果はある。が、見かけほどの実利をもたらすかどうか、むしろ周囲の野次馬を楽しませるだけで終ってしまうのではないか。

——俺だったら、そんなことはやらない。

という言葉を口に出しかけて冬嗣はやめた。これ以上兄貴をからかうのはまずい、と思ったからだ。もっとも、真夏のほうも、たやすく冬嗣の言葉の相手になりはしなかった。いつか頰《ほお》には薄笑いまで浮かべている。

「ま、お前には、そんなふうにしか思えないだろうがね」

いつのまにか態勢を立てなおしてしまった。

「くだらないと思ってもだな、でも、権力の世界はそうしたものの積みかさねなんだ。それを離れては、最後の勝負は張れんというわけよ」

安殿の身辺に侍して数年、その言葉は底光りしている。

口の中で冬嗣はやりかえす。

――そのかわり、近くのものしか見えなくなってる。

権力というもののやりきれなさは、その渦の中に巻きこまれたものに、視野狭窄《しやきょうさく》を起させることだ。目の前のちょっとしたことに捉《とら》われて、勝った負けたに明けくれる。兄貴もかなり重症になっているな、という気がする。もっとも真夏の顔にも、

――まあ、いずれ、お前も勝負のきびしさが身に沁《し》みるようになるぜ。

そんな言葉が書いてある感じである。仔犬《こいぬ》のようなじゃれあいから、喧嘩《けんか》のまねごと、言葉の上での渡りあい、と兄弟の駆引は、年齢とともに様相を変えつつある。そしていまは、言葉の渡りあいも、しだいに数少なくなって、お互い、口の中で言葉を投げあうだけで相手の肚《はら》の中が読みとれるようになってしまった。もう真夏は、

「兄弟は他人のはじまり」

などと言いはしない。そんなことを口にできないほど離れてしまった二人の距離を無言で測っているのかもしれない。

冬嗣はひそかに苦笑している。兄弟だから口に出せない言葉の槍先《やりさき》を、鋭く受けとめたり撥《は》ねかえしたりできるのだろう。

たしかに、冬嗣が視野狭窄に陥らないでいられるのは、兄や緒嗣にはるかに遅れをとり、いまだに政界の裾《すそ》にもぐりこめる機会さえ与えられていないからだ。男としては屈辱的ともいえる青春の猶予期間の中で、しかたなしに、周囲を見まわしている趣もないではない。しかし、

――俺なら奉献なんか、やらないな。

かりそめに頭をかすめたその思いは、案外心の底に残っていたのか、後々まで、彼だけはその愚行と無縁の立場を取りつづけた。奉献の流行は、その後もしばらく続き、多くの政界の有力者が、この慣習を踏襲する中で、彼はきわめて異例の存在となるのであるが。

軽い沈黙の後で、冬嗣は話題を変えた。

「東宮の奉献の折、宣旨《せんじ》（薬子）は、その場にいたんですか」

「ああ、いたとも」

真夏は少し表情をやわらげ、目配せとも見える眼差《まなざし》を冬嗣に送った。

――じゃあ、帝はなにも気づかれなかったので？

——ああ、そのようだ。

——そうかな、そう思っていいのかな、女にかけては、帝の眼力はすごいはずですよ。

——そうだな。もしかすると……

眼だけで二人は会話を交している。

その年の秋の末、伊予はふたたび別業で豪奢な奉献を行った。後楯である雄友の総力をあげての奉仕で、その規模は、春の安殿のそれを遥《はる》かに上廻るものだった。

冬嗣の見通しは当ったといえる。しかし、真夏はそれについてなにも言わなかった

——というより、それを話題にする余裕もないほどの大事件が、すでに起っていたからである。

中秋の名月を過ぎたころだった。

安殿に密着して、夜も昼も東宮御所に詰めきりでいる真夏を、冬嗣はもうからかうことさえ忘れていた。

——それが俺の勘を鈍くしたんだなあ。

後になって彼は、顎《あご》を撫《な》でながら、そう思う。数日ぶりで家に戻った真夏は、出がけに、

「今度はしばらく帰らんかもしれぬ」

いつもの調子でそう言い、馬に乗ってから、思いだしたように冬嗣を振りかえった。

「もし、忘れたものがあったら、使をよこすから」

――あのとき、また御帳台《みちょうだい》の御警固ですか、と言ったら、兄貴はどんな顔をしたことか。

これも後になって思うことである。

安殿と女官の藤原薬子が、夜も昼も寝所である御帳台にこもって愛撫《あいぶ》に明けくれているのはもう一年も前からのことだ。真夏や葛野麻呂《かどのまろ》たちの必死の工作のおかげか、ともあれ事は洩《も》れずにすんでいる。例の奉献の折も、薬子は東宮宣旨として、つつましやかにその任を果たし、桓武の目を欺きとおした。

――もう大丈夫。

馴《な》れが心の緩みを生じたのか、夏のころから、秘密は少しずつ洩れはじめ、ついに桓武の耳に入ってしまったのだ。

極秘に安殿が桓武に呼ばれたのは、八月のはじめのことである。新都への移築に備

えて取りこわされた内裏《だいり》に代っていまは宮外の離宮、東院《とういん》が桓武の居処に当てられている。柱も太い、かなり大規模の正殿の奥の一室で、

「東宮宣旨を即刻解任せよ」

桓武はそれだけ言った。父のひと言に震えあがると思いのほか、安殿は開きなおった。

「なぜです。突然になぜそうおっしゃるのです」

桓武の顔がひきつった。

「その理由を俺に言わせようというのか、それほどのおろかものとは思わなかったぞ」

「どうせ私はおろかものです。はっきりおっしゃってください」

桓武はつとめて冷静に言った。

東宮宣旨、藤原薬子は、そなたのきさきの母親ではないか、そのような女と道ならぬまじわりを持つとはなんということだ。即刻、薬子を東宮から追放せよ。今ならまだそなたの素行はあまり洩れていない。いや洩れていたとしても、だ。薬子を退けてけじめをつけたことで周囲も納得するだろう……

話し終ると、安殿は静かに一礼した。

「解りました」

が、その後、桓武が予想もしなかったことを彼は口にしたのである。

「では即刻、きさきを東宮から出すことにいたします」

「なんと！」

「きさきがいなくなれば、薬子はきさきの母親ではなくなります。ただの東宮宣旨です」

「おろかものめがっ」

桓武は思わず叫んでいた。

「きさきを退けてことがすむと思っているのか」

「すみます。形の上では、ただの東宮宣旨です。その宣旨とどういう仲であろうと、これは私の勝手です」

桓武の唇の震えを見守りながら、安殿は、ずばりと言ってのけた。

「それでもならぬ、と父君は仰せられるおつもりですか。恐れながら、そう仰せられる資格を父君はお持ちでしょうか」

「な、なんと……」

「いま尚蔵、尚侍として、父君の側近にあって、後宮を取りしまる百済王明信《くだらおうみょうしん》。あれが若き日の父君の寵姫《おもいもの》であったことは、誰知らぬものもありません」

子として口にすべからざることを口にしているにもかかわらず、安殿の言葉はひどく冷静だった。

「う、う……」

桓武はあきらかにうろたえている。

「それはたしかだ。嘘《うそ》とは言わぬ」

責める立場が逆転し、苦しそうな口調になった。

「が、しかし、それは昔のことだ。明信はその後、藤原継縄の妻となった。乙叡《おとえ》という息子まで儲《もう》けている。いま、あれとは、なんのかかわりも俺は持たぬ」

「形の上では……」

男と女の仲だ。真相はたしかめる術《すべ》はない、と安殿は言いたかったのか。それは父を問いつめることではなくて、形の上で薬子を東宮宣旨として置くことに、口出しはさせぬ、という巧妙な反論とも見えた。

怒りを爆発させるかと思った桓武は、しばらく沈黙した。それから、かすれた声で、意外なほど静かな口調で呟いた。

「解っておらぬ、そなたは」

「は？」

「いかに、そなたの身を気づかっているかを」

そなたは幼いときから病弱だった。精神も不安定だった。なんとか王者にふさわしい人間に育ってほしい、といかに心を砕いたことか。

「が、そなたの心身は、その願いに応《こた》えてくれなかった。それでも、俺は諦《あきら》めなかった。そなたのためにはなんでもやろうと思ったし、げんにやっている。伊勢《いせ》神宮に、そなたの健勝を祈りもしたし、この都が、そなたの身に災いを及ぼすと聞いて、遷都まで決意しているではないか」

安殿はさすがに眼を伏せている。

「この長岡の都は、俺の命を賭けた新都だった。七十余年の栄光を持つ奈良の都を見すてる決意はなみなみのものではなかったのだぞ。俺の新しい政治の泉はここだったのだ。それを……」

「そうだったのですか」

安殿は顔を上げた。血の気がひいた白い頬が、それでも、まともに父を見あげている。

「そうとは知りませんでした。父君は洪水《おおみず》で再起もおぼつかなくなった都人《みやこびと》の暮しを憂えて、山背へ都をお移しになるのだとばかり思っていました」

「それは表向きのことだ。そなたに祟りが及ぶのを恐れて、とは言えもすまい」

「そうですか、では伺いますが」

安殿は父ににじりよった。

「私の身を心を傷つける祟り――。それは私の犯した罪のなせる業《わざ》でしょうか」

「な、なんと……」

「父君が皇位につかれる前にあったことは存じません。なにしろ、私の生れる前のことですから……。人々の話によると、祖父君、光仁《こうにん》の帝のおきさき、井上《いのうえ》さまが廃されて、その皇子《みこ》、他戸《おさべ》さまも皇太子の座を降りられたそうですね。そのかわりに皇太子になられたのが父君とか……。井上さまと他戸さまが毒殺されたという噂《うわさ》も承ってはいますが、それも私の生れる前のことですから、知らないことにしておきます。しかし……」

「………」

「早良《さわら》さまのことはいかがです。十二歳になったときのあのことは、私も知らないとは申しません」

新都建設に渾身《こんしん》の力を振りしぼっていた藤原種継《たねつぐ》が暗殺されたとき、事件の首謀者として、皇太弟早良は廃され、無実を訴えながら憤死した。その怨霊《おんりょう》の祟りが安殿を苦しめていると陰陽師《おんみようじ》たちは申し立てているのである。

「ですが、父君、私が早良さまを殺したでしょうか。私はなにもしておりません。その私を、なぜ早良さまは苦しめるのでしょう」

しょせん、罪は父君、あなたにある、と安殿は言おうとしている。自分のための遷都と言うが、罪を逃れようとしているのは、あなたではないか……と。

すさまじい父と子の対決だった。いや、父と子ではない。男と男が向きあっていた。父であり、帝王である巨人の前で、まともに口もきけず、息を殺して生きてきた若者は、いまやっと、その巨《おお》きな手を払いのけることができたと思っている。

——俺は羽化しかけた蛹《さなぎ》のようなものだ。

と安殿は思っている。まだ体は弱々しく半透明で、羽も濡《ぬ》れ萎《しぼ》んで力はない。

——が、もう羽化は、はじまってしまったのだ。後には退《ひ》けない。

余人を近づけず、たった二人だけ、長岡京の東院の正殿に向きあう父と子の耳には、秋風に揺れる萩《はぎ》のそよぎも聞えはしなかった。

羽化のとき——

そのとき、生きものは、いちばん弱い立場にある。外敵に襲われたらひとたまりもない。

——父君に殺されるかもしれない。いや、それならそれでいい。

覚悟を決めた安殿だったが、しかし桓武には剣を引きよせる気配はなかった。父は息子の瞳に燃える異常に気がついていたのである。

——ああ、息子は常人ではない。

人はそれを怨霊のしわざというのか。

怒りよりも、ふと、哀れみとも悲しみともつかぬ思いが胸をひたしはじめたのは、父なるが故であろうか。

しかし、安殿は父の心の中に気づいていない。猛《たけ》りたったら、もうとめようがないのが彼の性格なのだ。息が詰まりそうになりながら、彼はまだ父に立ちむかおうとしている。

「父君、父君は私のことを、ちっとも、解っておいでない」

「ほう、そうか」

思いがけない気をぬいたような呟きにとまどいつつも、安殿は喘《あえ》ぐ。

「そうですとも」

めったやたらに重い刀を振りまわし、もう刀を杖《つえ》にやっと立っているような風情《ふぜい》である。

「生れてこのかた、父君は、私をまともにみつめてくださったでしょうか」

「…………」

「私がどんな思いで、生きてきたか。私はいつもひとりぼっちでした」

「そうかな。母君がいたではないか」

「そ、そうです。母君だけでした、私をほんとうにかわいがってくださったのは。でも、その母君も亡くなってしまわれた」

「しかし乳母《めのと》もいるし、帳内《ちようない》（使人《つかいびと》）にも事欠かなかったはずだぞ」

「あんなもの、なんの役に立ちますか」

吐きだすように言った。

「父君は、いつも遠くにおられました。それも多くの女人《によにん》にかこまれて」

自分を苦しめているのは、怨霊でもなんでもない。誰ひとり、自分をまともにみつめてくれる人がいないという、底なし沼に引きこまれるようなこの孤独。

父は息子の眼をみつめていたが、やがて、ふしぎな笑みが薄く頬ににじんだ。

「その渇きを……、東宮宣旨が満たしてくれたというのだな」

「…………」

安殿が沈黙を続けるうちに、頬の笑みは濃くなった。

「よかろう。そなたも一人前の男になったというわけだ」

男として、父は息子に手をさしのべたつもりだった。

「それならそれでよし、しかし宣旨はよせ。かりにもきさきの母親だ。代りはいくらでもいる。さがしてやってもいいぞ」

「違います」

息子は、父の手を撥《は》ねのけたのだった。

「そうではないんです」

父君はちっとも解っていない、と安殿は叫びたかったに違いない。女の体のおもしろさを教えてくれたのは、たしかに薬子だったが、それに耽溺《たんでき》し、我を忘れて満足している自分ではないのだ。

——欲情と愛とは違う。愛が欲しい。

しかし、残念なことに、いとも便利なこの「愛」という言葉はこの時代にはなかった。だから安殿はいよいよ苛だつのである。

「いとおしむ?」

そんななまやさしいものじゃない。

「恋いこがれる?」

それとも違う。だいたい、恋とは、離れているものどうしが、離れていられない気持になって身悶《みもだ》えすることからきている。万葉びとは、だから気取って、「孤悲《こひ》」の字をあてた。自分と薬子は離れているわけではない。離れていなくとも、かぎりなく悲しく、胸がいっぱいになる。自分の思いを「恋だ」と自覚するとき、人はすでに、その思いを対象化し、おのれに陶酔を許している。

——俺には、そんなゆとりはない。ああ、それを、なんとしたらいいのか。

薬子の性技に夢中になっているわけではない。蠱惑《こわく》の瞳に惹《ひ》かれているのでもない。まして、その才気に魅せられているわけでもない。ああ、それが全部なくなったって、薬子は薬子だ。その薬子だけを俺は欲している……

昂奮《こうふん》すると、安殿の思考は分裂し、とめどなく空廻りしてしまう。思考はいよいよ速度を増し、逆に安殿を引きずりまわす。

安殿は綱につけられた石だ。ぶるんぶるんと、はずみをつけて振りまわされ、

——あっ！

眼をつむった瞬間、綱が切れた。石は吹飛び、すさまじい速さで、何千丈の暗黒の谷に堕《お》ちこんでゆく。

——そうだ、堕ちるんだ俺は……

瞬間、彼は眼の前にいる父の存在を忘れていた。

気がついたとき、まるで別世界から響いてくるような父の声があった。

「誰でも、そんなことを考えることがあるものだ。自分には、この女ひとりしかいない、となる」

それは一時期のことだ、まもなく、そんな気持は忘れてしまうさ、と父は言いたげであった。

——なんてくだらない、常識的なことを言っているんだ、このひとは。

道端の木でも見るように安殿は父をみつめた。

——そうだ、このひとには、解りっこないさ。次から次へと女を近づけては、すぐに倦《あ》き、女の体をまたいでいったようなひとには……。ああ、母君もつまりは、その一人にすぎなかったんだ。なんておかわいそうな母君……

父の頭の中にあったのは、権力だけだ。皇太子の位置を奪うこと。ていよく父帝を退場させて、自分が天下第一の権力を握ること。僧俗のすべてを規制し、罰すること。そして新しい都を誇示すること。蝦夷《えぞ》地へ出兵して、領土をひろげること……

——それがいったいなんだというんだ。

またとめどなく思考が空廻りをはじめかけたとき、眼の前の人は、おだやかとも見える微笑を見せた。

「ま、よく考えることだな」

なにを？　なにをいまさら考えろというんだ。

「いまのうちなら大丈夫だ」

なにが大丈夫だというんだ。え？　なに？　皇太子？……

安殿は、このとき、半ば呆然《ぼうぜん》としていたのかもしれない。

「皇太子であるそなたの身を思えばこそだ」

桓武は静かにそう言ったのだ。身分を弁《わきま》えてほしい。尊貴な立場にあるものには、おのずから守らねばならない道というものがある。

「はあ……」

安殿は、遷都、といった言葉も、ぼんやり耳にしたような気もする。

「遷都の前に、生活を立てなおすように。それには、東宮宣旨を……」

東宮宣旨という言葉を聞いた瞬間、安殿ははっと我に返ったようだった。

「それもこれも、皇太子であるそなたを思えばこそ――」

桓武がくりかえしかけたとき、

「ありがとうございます」

安殿はしらじらしい口調になっていた。

「お気づかいにお礼を申しあげなくてはなりません。私は思いちがいをしていたようでございます」

「というと？」

「父君が皇太子としてお望みなのは、伊予ではないかと——」

皆まで言わせず、

「おろかものめがっ」

父は大喝した。帝王桓武の顔になっていた。

「たわけめ。なんでもいい、東宮宣旨を追いだせ。二度と薬子を東宮に寄せつけるな。あいつは縄主《ただぬし》の妻だぞ。人の妻でありながら、なんという恥知らずだ。その恥知らずを近づけて恬《てん》として恥じないというのか、そなたは」

安殿は深く一礼した。

「もうひと言だけ、言わせていただきます、父君」

父の顔をじっとみつめて、彼は一語一語を区切るようにして言った。

「そう言われる父君も……。父君もまた人妻を近づけて子を産ませなさいました。藤原内麻呂《うちまろ》の妻、百済永継《ようきよう》に、安世《やすよ》とかいう子を……」

「退《さが》れ、退れっ、出てゆけっ」

父の怒声はしかしそれまでだった。その怒声にまさる激しい憤怒が双の瞳から火を噴いている。後退《あとじさ》りした安殿の姿が消えた後も、桓武は彼のいた空間を睨《ね》めすえていた。

桓武はこのとき、安殿の心の裏を読みとったと思った。息子の心を占領しているのは、怨霊でもなんでもない。この一年の間にみるみる成長した異母弟伊予の存在に、彼は脅《おびや》かされているのだ、と。

「おろかものめが」

桓武はなおも呟いている。臆病な息子は、伊予と勝負する勇気がない。若い日、他《おさ》戸《べ》を圧倒し、踏みつぶした自分の覇気のひとかけらさえ、彼は享けついでいない。目の前の困難から眼を逸《そ》らせ、彼は病気に逃げ、あげくのはては薬子の体にのめりこんだのだ。

そして、内裏の廊をひとり歩いている安殿もまた、

――父君はなにも解っていない。

胸の中の思いを荒れ狂わせていたのだった。

――皇太子であるそなたを、だって？

権力の中だけで生きてきた父は、権力の分与を最大の恩恵だと思っている。その恩恵の前でなら、誰でもひざまずく、と思っているのか。魂の世界をおき忘れた父よ。世の中には、権力よりも、もっと大事なものがあることに気がつかないのか……

この父と子の相剋《そうこく》を、不和と呼んでいいものか。不和というより、完全な乖離《かいり》とそれは呼ぶべきではないのか。二人はまったく別の世界に栖《す》んでいる……


長岡宮《ながおかのみや》の東院の奥深くで、ひそかに行われた父と子の相剋は、しばらくは外へ洩れなかった。もちろん、冬嗣もその真相を知るよしもなかったのだが、もし、彼が知ったとすれば、やや皮肉な笑みを浮かべて、兄の横腹を突ついたかもしれない。

「だから言ったでしょう兄君、奉献なんて、つまらんことだって」

饗宴がいかに豪奢であろうとも、政治の歯車は別のところで廻りつづけ、高価な献上品もなにもかも、瞬時に撥《は》ねとばしてしまうものなのだ。

もっとも、宮中の秘事というものは、隠そうとすればするほど、しぜんにこぼれ出てくるということもまた事実である。そして、秘事は、人の姿に形を変えて、刻一刻、冬嗣の身辺にも近づこうとしている。

暗夜の訪問者

——あのとき、兄貴は、しばらく帰らんかもしれぬ、と言ったっけ。いや、忘れものがあったら使をよこすとまで言ったはずだったなあ。

いまにして冬嗣《ふゆつぐ》はそう思う。

——その兄貴がひょっこり帰ってきたのはなぜだったのか。そのときすぐに気がついてもよかったんだよなあ。

顎《あご》を撫《な》でながら、その夜のことを振りかえる。なぜそこまで気が廻《まわ》らなかったか。それは、その二日前の夜、微醺《びくん》を帯びた父の内麻呂《うちまろ》が珍しく姿を見せたからかもしれない。その上内麻呂は上機嫌だった。

「帝はお強いのでな。俺もうっかり過してしまった。ちょっと休ませてもらうぞ」

窮屈な袍《ほう》を解き、縁近くで内麻呂はごろりと手枕《てまくら》をした。母との仲が途絶えて以来、冬嗣たちの住む邸《やしき》を父が訪れることはめったにない。桓武《かんむ》の皇子を産んでしまった妻内で、ふと行きずりに顔をあわせることもあるし、そんなとき、宮の内で、ふと行きずりに顔をあわせることもあるし、そんなとき、

を避けているのではない。いや、それどころか、内裏に出仕している彼女とは、宮の内で、ふと行きずりに顔をあわせることもあるし、そんなとき、

――や、達者か、そなたも……

目配せぐらいはしている。いつかそうしたさりげない仲になってしまうというのが、当時の男と女の出会いと別れなのだ。それに、真夏《まなつ》も冬嗣も、内麻呂がめんどうを見なければならないほどの幼さではない。冬嗣も、父が自分の邸に坂上苅田麻呂《さかのうえのかりたまろ》の娘を招きいれ、二人の間には、幼い子供たちが生れていることも知らないわけではなかったが、それをとやかく思いもしないかわり、離れて住む幼い異母弟たちに兄弟らしい感情を懐《いだ》くこともない。それより同じ邸内に住み、なにかにつけて「兄君」とすりよってくる桓武を父とする異父弟、九歳の安世《やすよ》のほうが、ずっとかわいい。当時の父と子、あるいは異父母兄弟の間もまずそんなものだったのだ。

――それにしても親父《おやじ》はなかなかの上機嫌だったなあ、酒の酔いも手伝ってのことだったのだろうが。それになかなかいいことも言ってくれたし。

三十八歳の内麻呂は刑部卿《ぎようぶきよう》、朝政の中枢部に手を伸ばしかけているだけに、酔っての雑談にも、ひと味の違いがある。

「帝もこのところ、なかなかの御機嫌でなあ、おみごとなものさ」

「は？」

腹這《はらば》いに姿勢を変えると、解るか、というように内麻呂はにやりとした。

「御自分の定められた都を十年足らずで見すてねばならぬ。つまり遷都は大失敗というわけだ。それなのに、頭を抱えたりはなさらぬのはみごとなものさ。ま、王者たるもの、それよりほか道もないが」

そなたは幼かったから知るまいが、と内麻呂は、桓武の遷都計画の壮大さを語ってくれた。奈良のそれを上廻り、大唐《だいとう》の都に一歩でも近づけようという意欲に満ちた造都だった。それが洪水《おおみず》と怨霊《おんりよう》騒ぎで、いまや惨憺《さんたん》たる醜態をさらしている。その壮大な失敗を、日ごと桓武は見せつけられているのだ。

「そりゃあ、心身ともにずたずたに引きさかれておいでだ。息も絶えだえに、宇太《うだ》の新天地に逃げこまざるを得ない。それだけに弱味は見せられないってわけよ」

――うん、たまに親父と話すのも悪くはない。

冬嗣はそう思ったものだ。庭先の薄《すすき》の穂をゆすって風が渡ると、虫の音はいよいよすずやかになった。小半刻《こはんとき》もその風に吹かれて、とりとめのない話をしていた内麻呂は、胸を反らせて手をひろげ、大きなのびをした。

「いい風だったな。さて行くとするか。明日は早いんだ。また大原野《おおはらの》で御遊猟だ」

「いい季節ですね。猪《い》の子も野兎《のうさぎ》も殖えていましょう」

「そうよな、帝御自慢の鷹《たか》も勇みたつだろうよ。終れば南園《なんえん》でまた酒宴だ」

「お供は伊予《いよ》さままですか」

「うん、多分そうだろう」

「東宮《とうぐう》は？」

「狩りはお好きでないらしいな。たまにはおつきあいなさるといいんだが」

それから思いついたのか、父は尋ねた。

「真夏は今宵《こよい》も東宮か？」

「はい、いつものとおりで」

うなずいてから、まじまじと冬嗣をみつめた。

「そなた、いくつになった」

「十九です」

「ほう。真夏より背も高くなったな」

「はあ」

「そろそろ官途のことも考えねばならんな」

「………」

「ま、とにかく来年は都遷りだ。その後ぼつぼつ考えるとするか」

――そのひと言に、俺もかなり上機嫌になったたってわけよ。

いま思うのはそのことである。冬嗣の将来を考えてやろうという言葉の裏には、父自身、みずからのもう一段の出世を確信しているような気配があった。

――多勢の藤原一族の中では若輩の親父にも、そろそろ風が向いてきたか、なんて考えていたんだなあ、俺も……


「大原野の御遊猟はおみごとなもんだったとか、市の噂《うわさ》は大変なもので」

東の市に干魚や醬《ひしお》を買いにいった家人の早虫《はやむし》がそう言ったのは、その二日後のことだった。

「帝のお鷹さばきは、そりゃあざやかだった、と大原野近くから出てきた栗《くり》売りは申しておりました。そりゃけっこうなことでしたが、でも……」

早虫は急に眉《まゆ》をひそめ、声を落した。

「じつは、市の帰り、小畑《おばた》川のほとりで、縁起でもないものを見ちゃいまして」

言いながら、埃《ほこり》でも払い落すように、しきりに胸を叩いたり、袖《そで》を振っているのは、厄落しをするつもりなのだろう。いっそう声を低めて彼は言った。

「死人《しびと》ですよ。川のほとりの葦辺《あしべ》にひっかかっていたんです」

「ふうん」

冬嗣は珍しくもない、という顔をしている。長岡では喧嘩《けんか》口論が絶えない。人々が増え、それも諸国からやってくるとなれば、もめごとが起るのはしぜんの勢いだ。

「ものの貸し借り、色恋沙汰……。そんなところじゃないのか。で、男か女か」

「男でした。それも逞《たくま》しい大男で」

かつての藤原種継《たねつぐ》のような高官の暗殺事件なら大がかりな探索も行われようが、庶民や都に流れこんでくるえたいの知れない連中のときには、当局も本気でかかわろうとはしない。

「で、名前とか、身許《みもと》の知れる手がかりでも？」

冬嗣はつまらなそうな顔をして早虫の相手になっている。

「それが、かいもく解らないらしいんです。なにしろ」

早虫はまた声を低めた。

「素っ裸なんです、そいつ」

「ほう。身ぐるみ剥《は》がれたというなら、金目のもの目あての物盗《ものとり》か」

「そうかもしれません。男も本気で相手をしたらしく、肩から左斜めに切られた傷がありました。でも取りかこんだ連中は、首にも絞められたあとがあるとか騒いでいました」

「ふうん」

「まったく物騒になりました。なにも身ぐるみ剝いでしまわなくてもいいじゃございませんか」

「ふむ」

「これじゃ、うっかり夜道は歩けませんや」

「というと、その男、昨夜のうちに殺されたというんだな」

「そうらしゅうございます。昨日の夕方までは死人《しびと》なんか転がっていなかった、と鬻女《ひさぎめ》の一人が申していましたから」

「すると、夜中に川原で喧嘩沙汰でもあって」

「でも、その気配もなかった、と近所の年寄りらしいのは言ってましたが」

「別のところで殺されて川に投げすてられた、とも考えられるなあ」

「左様で。あわよくば、小畑川から桂《かつら》川へ流してしまう魂胆だったんでしょうが、川《かわ》浪《なみ》のぐあいで流れにのれず、葦の原にひっかかってしまったのかもしれません」

「ふうん」

貴族に連なる一人として、冬嗣は庶民の生死《いきしに》への関心はその程度であった。それより頭の中を占めているのは、父のひと言である。日頃の往《ゆ》き来が疎遠であろうとも、官界への出発にあたっては、父の地位が決定的な意味を持つ。今の常識では一種の情実だが、そのころは、れっきとした蔭位《おんい》という制度があり、上級官吏の子供や孫は、蔭子《おんし》、蔭孫《おんそん》と呼ばれ、父や祖父の位階に応じて一般より高い位を与えられ、有利なスタートをきることができるのだ。

——親父は従四位下だから、ええと、兄貴は従七位上、俺は従七位下というところか。

嫡男（長男）とそれ以外ではやや差がつく。たった一階だが、与えられる官職にも差が出てくるし、その違いはやはり大きい。

——ふうん、すると俺はさしずめ……

などと考えているところに、かすかに人の気配がした。振りむくと、足音をしのばせて真夏が自分の局《つぼね》のほうへ行こうとしていたのだった。

「おや、兄君」

声をかけると、いつになく、ぎょっとしたような様子で、真夏は振りかえった。

「お帰りだったのですか」

ああ、というようなあいまいな返事を真夏はした。

「用事のときは使をよこす、とかおっしゃっていたじゃありませんか。わざわざお帰りにならなくても、私がおっしゃるとおりに取りはからいますのに」

「いや、なに……」

言葉を濁し、手に抱えた包みを無意識に背後に隠すようなしぐさをしてから、

「急に涼しくなったのでな。着替えも地厚のに替えようかと思って」

「そうですか。そんなことなら、使に言ってくだされば婢《はしため》に見つくろわせましたのに」

「それには及ばんさ。ちょうどいい風だったから、夜駈《よがけ》もしたかったんだ」

思いついて冬嗣は尋ねた。

「昨日の大原野の御遊猟、東宮はおいででしたか」

「いや」

「やっぱりそうですか。たまにはお供なさったほうがいい、と父君は、おっしゃいましたよ。これは私にというより、兄君への伝言じゃなかったかな」

「えっ、父君が？」

「そうです。一昨日《おととい》の夜、珍しくお寄りになってね」

「それで……」

少し緊張した顔つきになって、真夏は声を低めた。

「なにかほかの仰せは？」

「いや別に。あ、そうそう、遷都が終ったら、そろそろ官途のことを考えてやろうとか。これは私におっしゃったんですが、もちろん兄君のことも含めてのことでしょう」

「そうか」

喜ぶと思いのほか、なぜか真夏の返事は上の空だった。うなずくなり足早に自分の局に消え、同じくらいの大きさの包みを抱えて引きかえしてきた。

「おや、もうお出かけで……。このままお寝《やす》みじゃないんですか」

「ああ、東宮に用事を残してきたから」

それからもう一度、念を押すように言った。

「今度は使をよこすからな。頼むぞ」

あの念の押しかたはただごとではなかった、と後になって冬嗣は思うのである。

全裸で殺された男の身許はなかなか解らなかったが、そのうち、もう一つ、奇怪な事件が起きた。

「ひえっ、こんどは首縊《くびくく》りですぜ、冬嗣さま」

飛んで帰ってきた早虫が、息を切らせてこう言った。

「そ、それも、衛門府《えもんふ》の西門に男がぶらさがっていたんですとさ」

衛門府といえば長岡宮《ながおかのみや》の宮門の警固に当るれっきとした役所である。市井の事件とは性格が違う。死んだ男も、もちろん都の庶民ではあるまい。

「その西門にぶらさがっていたやつを、早虫、そなた見てきたのか」

「いえいえ、ちょっくら笠《かさ》でも買おうと市に行ったら、その話で持ちきりでして」

「ふうん」

「噂では衛門府の門部《かどべ》で、壬生《みぶ》のなんとやらだとか」

門部というのは宮門の警固に当る衛門府の下級武官である。そのころの門には、壬生とか丹治比《たじひ》とかいう氏の名がつけられており、それぞれの氏の出身者が警固を担当する。壬生の某《なにがし》は壬生門を守る兵士だったのだろう。

「せっかく門部になったってえのに、もったいない話で。なにも首を縊らんでもよさそうなものですのになあ」

早虫からみれば、門部も役人のはしくれであり、羨《うらやま》しい存在なのだ。

「世の中、いよいよ物騒になりましたなあ。冬嗣さまも御用心ください」

早虫の言葉を冬嗣は笑いとばした。

「俺か。俺は大丈夫だ。人に恨みを受けるようなことはしていない。それに壬生の某とかは、自分で首を縊っただけじゃないか。物騒なうちには入らんよ」

「左様ですか。でもその男、なにか追いつめられて首を縊ったんじゃないでしょうか」

「そうかもしれん。たとえば、この前に川に投げすてられた男を殺したのがそいつで、いよいよそれがばれた、なんてことになればな」

「ははあ、なるほど」

「おいおい、信用してもらっては困る。ほんの思いつきだぞ、これは」

瞬間、冬嗣の頭をかすめる思いがあったのはたしかである。殺されて身ぐるみ剝がれたというその男、強欲な物盗にやられたものとばかり思いこんでいたが、殺された理由は別にあるのではないか……

ふっとそんな気がした。なにかの理由があって、身許を知られると、ことがめんどうになるので、裸にして棄てたとも考えられる。

「それよりも早虫、この間川に漂っていた男な、身許が解ったか。市でなにか噂はしていなかったか」

「いいえ、なにしろ丸裸でしたから手がかりはないようで。体格のいい男でしたが、後ろからの刀創《かたなきず》があったとかといいますから、誰かに襲われたんでしょうな。身ぐるみ剝いだ上に耳や鼻をそぎ、人相を解らなくしてあったとか言っている者がありました」

「するとやはり、物盗というより怨恨《えんこん》かもしれぬなあ」

「するとやはり」

早虫は冬嗣の口真似をした。

「殺したのは壬生の某ということになりますかな」

「おいおい、俺はそんなことは言ってないぞ」

「いいえ、よくある話です。女をめぐってのいざこざはしきりとございますよ。首縊りが門部なら、その男も門部……」

「よせったら。俺はなにも……」

——あれがいけなかったな。

冬嗣は後になって顎を撫でている。

――早虫とくだらない話をしたおかげで、俺の勘は逸《そ》れてしまったんだ。しかし、これは八つ当りというものであろう。たとえ早虫と話をしなかったからといって、冬嗣に事件の真相が解けたわけではないのだから。

ただし、あのときの彼の直感の半ばは当っていたことになる。いや、半ばというのは言いすぎで、外れた部分のほうがずっと大きい。わずかに当っていたのは、およそ無関係と思われていた殺人事件と門部の自殺に微妙なつながりがあったことだ。

――だから、俺もまんざらでもないっていうことになるが。

しかし、そのつながりというのも、冬嗣の想像とは、およそかけはなれたものだったのだから、彼としては、せいぜい顎を撫でるくらいのことしかできないのだ。

――いや、まったく……

思いだせば首をすくめるほかはない。事件は疾風《はやて》のように彼の側をかすめて過ぎていってしまったのだ。

――あのとき、すんでのところで事件に巻きこまれるなんて思いもしなかったからな。してみると、俺の勘なんて、もともと大したものじゃないことになるわな。

その疾風は、真夏の書簡という形でやってきた。早虫と話をした数日後の真夜中である。

「冬嗣さま、真夏さまからのお使が……」

寝ぼけ声で取りついだのはその早虫であった。

「御返事を、と御門前で二人の方が待っておられます」

衾《ふすま》をはねのけて冬嗣は起きあがった。

「燭《ひ》を明るくしてくれ」

それだけ言って早虫を退《さが》らせたのは、妙な予感がしたからだ。

兄の書簡はきわめて短かった。が、読み終えても、しばらくの間冬嗣は動かなかった。ほのかに揺れる燭の影をその頰《ほお》に明滅させて黙りこくっている。その静かさが気になったのか、早虫がそっと近づいてきた。

「御門前のお使には、なんと御返事を」

「いい、退って寝《やす》め、返事は俺がする」

これ以上かかわるな、という意味だと知って、早虫は足音を忍ばせて廊に消えた。その足音をたしかめるうち、冬嗣の頰はしだいに引きしまってゆく。意を決したように立ちあがって身じまいをすませると、燭を手に、兄の局に入った。

薄暗《うすくら》がりで冬嗣の影が動く。燭が揺れるとその影は奇妙に伸び縮む。手近の櫃《ひつ》を開《こ》けると、入っていた兄の着古しやら下着やら、身のまわりのものを手早くまとめて小脇《わき》に抱えて門に向かった。

わずかに開けられた門の内側に、二人の影が身をひそめていた。

「夜分に御苦労です」

冬嗣はつとめてさりげなく言う。

「冬嗣どのか」

声を殺して影は尋ねた。黙ってうなずき、冬嗣は抱えた包みをさしだす。

「ではこれを」

「なんと？」

いぶかしんだ声は包みを受けとろうともしない。

「これを、兄に」

冬嗣は言葉少なにくりかえした。影が揺らいで冬嗣に少し近づく。

「文《ふみ》は……真夏どのの文は読まれたのだろうな」

「たしかに」

「それは不審な」

押し殺した声には、あきらかに焦りがある。

「文には我々のことが書いてあったはずだが」

「いや、なにも」

「おかしい。そんなはずはない」

さらに近づく影は大男である。

「真夏どのは、この邸にしばらく身を寄せるようにと書いたはずだぞ」

「おかしゅうございますな」

冬嗣も男たちに一歩近づく。

「兄の文には、東宮御所での宿直《とのい》が続くから、着替えをたくさん、とありました」

「嘘《うそ》を申せ」

大男の声に凄《すご》みが加わった。

「俺は東宮の帯刀舎人《たちはきのとねり》、紀国《きのくに》だ。わけあって、一時身をひそめるよう、との東宮の仰せでここに参った」

「そのようなことは兄の文にはございませんでした」

「なければないでよし、ともあれ通してもらう」

大男が肩で押しのけようとするのを、冬嗣は両手をひろげるようにして遮った。

「お断りします」

「真夏どのが入れと言ってきているのだ。しかも東宮の御内命を受けている」

「ですが、ここは真夏の家ではありません」

「なんと」

呼吸をととのえて冬嗣は言った。

「ここは帝に仕える百済永継《ようきよう》の邸です」

帝という言葉を聞いたとき、大男はあきらかに怯《ひる》みを見せた。

「それに帝の皇子、安世王《ぎみ》もおいでです。押して通ろうとなされば、安世王の使人《つかいびと》を呼びます」

「………」

「それでも通られるとならば、明日、帝の許に御報告をさしあげねばなりません」

う、う……と二人は低く唸《うな》ったようだった。瞬時顔を見あわせてうなずきあった後、少し後退《あとじさ》りした。いまいましげに冬嗣を睨《ね》めつけている視線が闇の中でも感じられる。

――こいつめ！　若造めが！

視線を受けても冬嗣はたじろがない。

――さあ、どうする。入るか、退《ひ》くか。

白刃を突きつけあうような息づまる瞬間だった。一呼吸、二呼吸……。さきに揺らいだのは男たちの影だった。無言で彼らは門の外に消えようとしている。その後姿に、冬嗣は包みを突きだした。

「これを、兄にお届けください」

「なにを、こんなもの」

振りはらおうとする男に、

「お持ちください」

短く言って、冬嗣は声を低めた。

「寒くなればお役に立つかもしれません」

ふっと大男がたじろぎを見せたとき、小柄なほうが包みをひったくった。そのまま角を曲って二人の姿はたちまち消えた。


局に帰ると、そのまま冬嗣は、横になった。身じろぎもしないが、眠っている気配はない。その間に闇の底が毛筋ほど薄れてきた。立ちあがると燭を手に、ふたたび兄の局に入った。あちこち櫃を開けたり、厨子《ずし》の奥に手を突込んだりしていたが、やがて先刻と似たような包みを小脇に抱えると燭を消し、自分の局に戻った。闇に眼が馴《な》れたからというより、あたりはそれだけ暁方《あけがた》に近づいているのだった。

やがて小鳥の鳴きはじめるころ、冬嗣は裏庭の隅にいた。足許には手帚《てぼうき》で掻《か》きあつめられた木の葉や枯枝が、こんもりと積まれている。秋霧に濡《ぬ》れているせいか、燧石《ひうちいし》で点《つ》けた火も勢いよく燃えあがることなく、木の葉の山は不機嫌に燻《ふすぶ》りつづけている。側に立った冬嗣は懐から紙片を取りだした。あきらかに昨夜手にした真夏の書状だった。薄ら明かりの中で、冬嗣の読みかえしているそれには、こんなことが書いてあった。

「書状を持ってゆくのは怪しい者ではない。帯刀舎人紀朝臣国《たちはきのとねりきのあそんくに》どのと内舎人山辺真人春日《うどねりやまべのまひとかすが》どの、いずれも正義の士だ。義によって裏切者を成敗した。ほとぼりがさめるまで、わが家で身柄をお預りするように。これは東宮の御内意でもある」

読みおえると冬嗣は書状を丸めて焚火《たきび》の中に投げこんだ。風を吸ってか、紙片はたちまちぼっと炎をあげたが、燃えつきてしまうと、湿った木の葉は、また不機嫌に燻《いぶ》りはじめた。その煙がゆるやかに地を這いはじめたころ、

「おや、ここにおいでで」

眼をこすりながら早虫がやってきた。

「庭が荒れておりましたなあ。申しわけございません。おっしゃっていただけば、落葉掻きなどいたしましたのに」

「いや、いいんだ」

煙を眺めている冬嗣は、火の燃えぐあいとは別のことを考えているのだった。

――殺したのは、あいつたちだな。

思い浮かべるのは、小畑川の葦間にひっかかっていた裸形の屍体《したい》のことだった。

――あの紀国《きのくに》と名乗ったのも大男だった。

帯刀舎人というのは東宮の身辺を警固する親衛隊員である。その数は十人、さきに触れた蔭子、蔭孫の中から、とりわけ武芸にすぐれた者を選んで、さらに帯刀試《たちはきのこころみ》と呼ばれる試験を受けさせて採用が決まる。つまり家柄もはっきりした、腕に覚えのある武人なのである。

その中の一人の紀国が、裏切者と名指された同僚を殺して川に投げすてた……。冬嗣の中には、そんな思いが確信をもってひろがりはじめている。

「ここは俺が始末する。それより門のあたりを清めてくれ」

「はっ」

呑みこみ顔で早虫は姿を消す。昨日の夜のできごとは跡かたもとどめぬように――という主人の意図に気づかぬほど鈍い男ではない。

――義によって、だと？　裏切りとはなんだったのか。

冬嗣は地を這う煙の行方を追っている。

——私怨ではなさそうだな。東宮がかかわっておられるのか。それにしても、衛門府の門部の自殺とは、やっぱり関係はなかったのか……

この点になると、われながら、すこぶる心許ない。

落ちていた小枝で焚火を突つくと木の葉の山が少し崩れて、中から布切れが顔を出した。暁方、真夏のところから取りだした包みの一部らしい。さりげなく、木の葉にからませ、さらに小枝で山を掻きまぜて焚火に風の通りをよくしたが、思うように火の手があがらない。すべてが焼けつくすまで、冬嗣は焚火を見守るつもりでいる。

真夏が邸に戻ってきたのは、一月《ひと》ほど過ぎてからだった。冬嗣ももう、

——いったい、あれはどういうことだったんだ。

と聞きもしない。いや聞くにも及ばないくらい、事件は都じゅうに知れわたってしまっていた。

原因はやっぱり、桓武と安殿《あて》の対立だったようだ。二人の仲はいよいよ険悪になって、安殿は父の許に寄りつきもしない。

「そこで、遊猟にことよせて、帝は東宮さまをお召しになったんだ。が、東宮さまはお断りになった」

「遊猟というと、あの大原野での？」

「ああ、東宮さまはやはりお出になられなかったそうな」

というあたりが、町の噂である。このとき、内々に桓武に喚《よ》ばれて、遊猟に従えという旨を伝えたのが、帯刀舎人、佐伯成人《さえきのしげひと》――これが後に殺されて全裸で投げすてられた男である。

成人は安殿に桓武の言葉を伝えるとともに、

「この際、ぜひともお出になられますよう」

と意を決して進言したという。いやしくも、帝と東宮――。その間が不仲になって は、不利になるのは東宮ではないか。もう少しゆっくり話しあいたいのだ、という桓武の言葉の端々に見える気づかいに、むしろ成人は感動した。それゆえにあえて安殿に同行をすすめたのだ。

そのひと言が安殿の機嫌をそこねた。

「そなたは帯刀。わが身を護《まも》る楯《たて》じゃないか。それが父君に味方するとは、なんたる不忠者か」

「いや、不忠のつもりはございませぬ。東宮さまのお身の上を思えばこそ」

誠意をあふれさせた成人の言葉が、いよいよ安殿を苛《いら》だたせた……

昂奮《こうふん》するととめどのなくなる安殿が、一気に彼を亡きものにしようとした——というのが、おおかたの市井の見るところだった。

成人殺害を聞いた桓武は激怒する。

「成人殺害は、この父に刃《やいば》を突きつけたと同じことだ」

成人を殺した紀国にはただちに逮捕令が出る。さらに桓武を激怒させたのは、事件の共犯に内舎人山辺春日がいたことだ。内舎人は、桓武に直属して雑事をつとめる官人である。

——その春日を、安殿が使ったのか。

桓武はしたたかな安殿の悪意をそこに見た。

——父君が、成人によけいなお指図をなさったことと同じで……

うそぶく声が聞えるように桓武は思ったことだろう。

こうした背景を考えれば、あの夜更けの二人連れが、人目を忍んで冬嗣たちの邸の戸を叩いた謎はたちまちに解ける。わざわざ真夏に問いただすこともないではないか。

真夏もつとめて冬嗣と顔をあわせるのを避ける気配があるようだから……

九月も末の朝早く、早虫が庭の落葉掻きをしていた。庇の間《ひさしま》に立ったまま、真夏は、落葉の山から立ちのぼる煙をみつめている。冬嗣が静かに近づいたのはこのときだ。

「あの衣《きぬ》は焼きましたよ」

冬嗣は真夏と並び、その顔を見ずにさりげなく言う。ふむ、と真夏は低く答えたようだ。

「おびただしい血がこびりついていた」

真夏は黙っている。それだけで兄弟の会話は十分だった。斬《き》られた成人がまとっていた衣類や身のまわりのものを、真夏はひそかにわが家に隠したのだ。

今日の落葉は枯れきっているのか、さかんに煙をあげ、ときには、ちろりと薄赤い炎の舌まで覗《のぞ》かせた。

しばらくして、冬嗣は呟《つぶや》いた。

「ちょっと気の毒だったなあ、成人も。裏切者とまで言われてはな」

蔽《おお》いかぶさるように、真夏の声が響いた。

「裏切者さ」

二人は焚火をみつめたまま顔を見あわせようとはしなかった。

「そうかなあ、裏切りというほどでは……」

「ふ、ふ、ふ」

　真夏が低く笑った。

「そなた、知っているのか」

「え？」

「成人がなにをやったか」

「そりゃあ、帝の……」

「お言葉を伝えただけだ、というんだろう。ま、世間はそう見ている。そんなやつらにはそう思わせておいていいんだが、そうではないんだ」

「…………」

「聞きたいか」

　知りたければ知らせてやろう、というのは彼の口癖だったが、その言葉の調子はいつもとはおよそ違っていた。

「じつはな。東宮宣旨《とうぐうのせんじ》を……」

「え、宣旨を」

　冬嗣は息を呑む。真夏の語るところは、世間の噂とはまったくかけ離れたものだった。

成人は、夜半に東宮を退出する宣旨の薬子《くすこ》を、半ば力ずくで、強引に、桓武のいる東院に連れていったのだという。もちろん桓武の命を受けてのことだ。説得に応じない安殿と薬子を引き離すためには、これよりほかはない、と決意しての桓武の指示だったのだ。

「帝はゆっくり宣旨と話しあうために、内々に東院にお招きになったのだそうだが。そのまま、宣旨は脇殿に止めおかれた」

真夏の言葉に冬嗣は言葉もない。

「形の上ではお召しかもしれない。が、あまり強引すぎる。力ずくでの拉致《らち》だ。誘拐だ。成人は、それをやってのけた。東宮に仕える身として、これはあきらかな裏切りじゃないか」

「それは、いつのことで」

「八月の半ばすぎだ」

「御遊宴の続いたころですね」

「うん、あの御機嫌な御遊宴は、目くらましともいえるな」

その少し前、誰にも知られないことだが、桓武は安殿とすさまじい対決をやっている。薬子と手を切れと迫ったのを拒否され、桓武はついに強硬手段に出て薬子を閉じこめたのだ。

薬子の所在が不明と知ると、安殿は眼を血走らせて身辺の者に命じた。

「宣旨を探せ。すぐ探しだしてこい」

成人も帯刀たちに混っていたが、もちろん知らぬふりをしている。安殿は極秘に人を四方に飛ばし、探索を続けた。成人のあの夜の足取りが暴露されるまで、そう時間はかからなかった……

あとは知ってのとおりだ、というように、真夏はうなずき、はじめて冬嗣の顔を見た。

「裏切りだろう。りっぱな裏切りじゃないか」

「ま、そういえばそうですが、成人も、帝に説得され、東宮さまのお身を思って……」

「理屈はなんとでもつくさ」

「しかし、また簡単にことが割れたものですねえ」

「帝と東宮のお仲を知っているものの眼は、まず東院に向くのが当然さ」

「というと」

「成人が宣旨を引張るようにして、脇の小門を通ったそうだ。それには、もちろん、しめしあわせて門を開けた男がいる」

「解りました」

思わず冬嗣は口走っていた。あの後自殺した壬生の某は、衛門府から東院の門衛として派遣されていたに違いない。東宮の舎人たちに問いつめられ、脅されて口を割った彼は、成人の非業の死を知り、事の大きさに動顛《どうてん》して首を縊《くく》ってしまったのである。

「かわいそうなやつでしたね。いや、私はまったく思いちがいしてました。壬生の某と成人の色恋沙汰かなにかかと……」

真夏は苦い微笑を浮かべている。

冬嗣はそっと居ずまいを正した。

「兄君」

ひとこと言うのはこのときしかない、と思ったからだ。

「御期待を裏切って申しわけありませんでした」

「あ、いや」

真夏は冬嗣を見ようとはしない。

「なにも事情は解りませんでしたが、これは危ない、と思ったんです。そのとき、兄君が抱えてこられた包み——あの翌日、焼いてしまったあれですが、ふとそれを思いだしたんです」

「なかなかいい勘じゃないか」

真夏の声には多少皮肉がこもっている。冬嗣は、正直に言うべきだったかもしれない。

——兄君のお気持は解りましたが、私には、そこまで命は賭けられない、と……

そのとき、慌《あわただ》しい足音が、なにかともつれあうようにして近づいた。植込の影を白いものが走った——と思ったのは犬だった。それを追って、少し幼げなばたばたという足音とともに現われたのは安世だった。

「あ、兄君、御機嫌よう」

少年特有の高い声で挨拶すると、安世は犬を追って走りさった。冬嗣の顔には微笑がある。

「兄君。じつはあの安世を利用したんです。奥には安世がいるぞって、帯刀はちょっと怯《ひる》んだようでした」

「ふ……」

真夏の眼には皮肉な微笑がにじむ。

「帝も勝手なお方だ、そうは思わないか」

「は」

「母君に安世を産ませておいて、宣旨とは手を切れと。よくもおっしゃれたものだな」

「ま、そういえば、そうですが」

「東宮は、はっきりそう言われたらしいぞ、帝の前で……。父君はなにをなさったか、と」

「ほう、すると――」

冬嗣はまばたきをした。

「ここしばらく、安世の親王宣下はないということになりますな」

虚をつかれて、真夏は、はっと冬嗣を見た。人妻に子を産ませたと息子からなじられた以上、さすがの桓武もその子を親王にすることにはためらいがあるだろう。

それにしても、東宮と薬子、そして東宮と桓武――。その怨念《おんねん》と愛欲の渦に巻きこまれかけている自分とは、まったく発想の違う人間がここにいる。

――これが弟か。

真夏は、その存在を改めて見なおす思いらしい。

そして冬嗣はといえば、そのときはもう、別のことを考えていた。

――俺としちゃあ、兄貴が危うく渦に巻きこまれるのを防いでやったつもりだが、向うは俺に貸しを作ったとでも思ってるかな。いま一度、念を押すとするか。

「まあ、私としては、あれよりほかになかったとは思ってるんですが、お文の旨《むね》には添えませんでしたね。申しわけありません」

「いやいい」

真夏の声も思いのほかさらりとしている。

「隠れたところで、都には長居はできないことは解っていたのさ、俺も」

「じゃあ逃げたのですね、遠くへ」

「うん」

「どこへ」

「伊予《いよ》だ」

「ほう、海を渡ったんですか、そりゃたいしたものだ。別れぎわに、兄君の古着をやりましたよ、まさか舎人の身なりで逃げられもすまいと思いましてね」

「そりゃ春日どのたちにとっても幸せだったろうよ」

「海を渡ってしまえば安心ですね」

「いや、それが……。帝も御執念が強くてな、ひそかに左衛士佐《さえじのすけ》などを遣わして後を追わせて」

「それで──」

いつか焚火は消えていた。薄く漂う残りの煙を追いながら、真夏はさりげなく言う。

「死んだよ、二人とも」

「えっ」

「みごとに殺された」

今度は冬嗣がまじまじと真夏をみつめる番だった。

父と子

「真夏《まなつ》は今日も東宮《とうぐう》か」

時折冬嗣《ふゆつぐ》たちの邸《やしき》を訪れてくる父内麻呂《うちまろ》の、それが決まり文句のようになっていた。仲が途絶えてしまった妻の永継《ようきょう》の消息を問うわけもないことは当然だが、それにしても、こんなとき、兄の真夏がわが邸にいたためしのないことも毎度のことだった。

十一月半ば、その前夜、都には珍しく大雪が降った。花びら雪の一片一片《ひとひら》が、あたりの物音を吸いとり、地上の汚れを覆いかくしてしまうのか、翌日、あたりには、ふしぎな静寂が漂う。

もっとも、長岡宮《ながおかのみや》の中の静寂はひとときのことで、やがて、いつにない喧騒《けんそう》と活気が漂いはじめる。諸官司の官人たちが総出で雪おろし、雪掻《ゆきか》きに取りかかるからだ。雪の上を走りぬける風は冷たいけれども、彼らの声に弾みがあるのは、終れば振舞酒のほかに、それぞれの分に応じた賜わりものもあるためである。

刑部卿《ぎょうぶきょう》である内麻呂は管轄下の雪掻きをすでに見届けたのか、昼下りにぶらりとやってきて、邸の屋根にまだ雪の積ったままなのを見あげて呟《つぶや》いた。

「早虫《はやむし》はどうしている。屋根の雪はおろしてしまわないといかんな。凍りついてからではめんどうだ」

「は、今日は安世王《やすよぎみ》の住居《すまい》のほうから始めましたので、早虫を手伝いにさしむけました。おっつけ、こちらに戻りましょう」

言いながら、冬嗣はうなずいた。

「でも、おろすのは屋根の雪だけで、庭はそのままのほうが風情《ふぜい》があるかと思いますが」

「ふむ、それもよかろう」

そして、父はいつものように、尋ねたのである。

「真夏は今日も東宮か」

「はい」

冬嗣もまた、父の問にほとんど関心も払わず、半ば習慣的に答えたのだった。が、母屋に上がって、庇《ひさし》の柱に凭《もた》れ、内麻呂は、もう一度尋ねた。

「真夏は今日も東宮か」

おや、と冬嗣は腕組みして雪の庭をみつめている父の顔を窺《うかが》った。

「は、なにか御用で」

「いや」

冬嗣のほうを見ずに父は言った。

「留守のほうがいい」

「………」

「じかに話すよりはな。冬嗣、そなたから伝えてもらおうか」

それから、はじめて冬嗣のほうを振りむいた。

「ま、そなたも薄々は知っていようが……」

帯刀舎人《たちはきのとねり》殺害事件まで起した桓武《かんむ》・安殿《あて》父子の相剋《そうこく》が、いよいよ深刻なものになってしまっていることは、まだ官人として出仕の機会さえ持たない冬嗣の耳にも伝わってきている。

が、冬嗣は、わざとあいまいなうなずきかたをして、低く言った。

「兄は、帰りましても、なにひとつ申しませんが」

とりあえずの布石はこんなところか。必ずしも真夏に同調はしていない、という身構えかたを、冬嗣は、父の前でも崩してはいない。そして、内麻呂も、

——ほう、そうか。そなた、俺の前でもそんな手を打つというのだな。真夏側でもなく、さりとて狎《な》れ狎《な》れしく身をすりよせてもこない息子を見なおす思いだったのではないか。それならかえって話はしやすい、と見てか、

「あれでかたがつくわけはなかったよなあ」

頭も尻尾《しっぽ》もないような話しかたをする父に、今度は冬嗣も、はっきりうなずいてみせた。

たしかに——

あれ以来、薬子《くすこ》の東宮出仕はさしとめられた。桓武は一応の目的を達したといえる。

「しかし、帝《みかど》も、ことを急ぎすぎたきらいはある。帝が臣下に断を下すならそれでもいいんだが」

公的には帝王と皇太子だが、私的には父と子。そこに強圧的にすぎる手を用いれば愛憎の渦は激しくなる。拙劣だ、と内麻呂は言いたげだった。

「帝のなさりようは、いつもそうですね」

冬嗣はさりげなく、早良《さわら》断罪の折のことに触れてみせた。そのために、いまだに罪の思いにさいなまれていることを思えば、あの断罪が最上の策だったとはいえない。うなずきながら、しかし、内麻呂は言った。

「あのときと今度は違うぞ、冬嗣。あのときは、公然たる政策の対立だ。帝は新政策の前に、早良さまが立ちふさがっていると思われたからこそ退けられたのだが、今度は違う。ぬきさしならぬ政策問題なんか、どこにもありはしない。あるのは親王《みこ》の私行だけだ。それにな」

「は？」

「もうひとつの大きな違いは――」

内麻呂の声が低くなった。

「あのとき、帝は早良さまが邪魔だった。いないほうがいい、と思っておられた。いや、口に出しては言われなかったが、これは誰の目からもあきらかだったよ」

「…………」

「だが、今度はそうじゃない。帝は安殿さまがかわいいんだ。その私行を人の目から隠したい。だからこそ東宮宣旨《とうぐうのせんじ》を」

「そうでしょうか」

冬嗣は、まともに父の顔をみつめた。

「そうだとも、それに決まっている。違うとでも言いたいのか、そなた」

内麻呂はいぶかしげな顔を見せた。

「はあ、少なくとも、安殿さま御自身は、いつくしみの鞭《むち》とは受けとっておられないのでは……」

おや、俺はいつのまにか兄貴の代弁をしているぞ、と冬嗣はおかしくなった。内麻呂は、なおもいぶかしげである。

「どういうことか、それは」

「御自分は早良さまと同じ道を辿《たど》ると思っておいでなんです。いつかは死に追いやられる。父帝は冷酷な方だから……」

おやおや、今度は俺は安殿さまの代弁をしている、と冬嗣はいよいよ妙な気持になる。

「しかし冬嗣、弟と息子は違う。あのときは、安殿さまをお跡継にしたいからこそ、むりやり早良さまを追いのけたともいえる。その安殿さまを、なんで帝が追いのけなさるものか」

「少なくとも、安殿さま御自身は、そうは思っておられないのでは……」

「じゃ、安殿さまを追いのけたらどうなる?」

「伊予《いよ》さまがおいでです」

「うむ、む……」

一瞬、内麻呂は口ごもった。

もっとも、それは瞬時のことで、口許《くちもと》に、かすかに微笑がにじんだ。

「そこだよ、冬嗣、そなたに話したかったのは」

なあんだ、と冬嗣は拍子ぬけする思いでいる。虚をつかれたようなふりをしてみせながら、父は自分をうまうま網の中に追いこんでしまったのだ。

――かなわないな、やはり親父は一枚も二枚も上手《うわて》だ。

「中へ入るとするか」

内麻呂が言ったのは、早虫たちが雪おろしにやってくる姿を眼にしたからだ。


庭の雪あかりのせいか、室内は思いのほかに明るい。円座《わろうだ》にあぐらをかいて、内麻呂は静かに言う。

「たしかに伊予さまは、安殿さまにとっては強敵だ。第一、お心がすなおでのびやかだものな。帝の御気には召すだろうよ。それに遊猟・管絃《かんげん》・宴遊――。御趣味も似ておいでだし」

それから、しばし沈黙した。雪の庭を眺めながら、内麻呂の指先は、ゆっくり膝頭《ひざがしら》を叩いている。

「しかし、まだ間にあう」

指先は、刻一刻過ぎてゆく時を測っているのか。

「なにが間にあいますので？」

「帝の御心は、さほど伊予さまに傾いてはおられない、ということさ。世の中でよく言うじゃないか、世話の焼ける子ほどかわいいって」

「だから、安殿さまを見はなしてはいらっしゃらない、ということですね」

「そうだ。しかし、油断はならない。なにしろ伊予さまの後楯《うしろだて》は強力だ」

「母君も御健在ですしね」

桓武の后妃が早良の呪いを裏づけるように次々死んでいった中で、なぜか伊予の母、吉子《よしこ》だけは元気である。吉子の父の是公《これぎみ》は数年前に六十三で他界したが、当時としては、まずまず長寿といっていいだろう。代って息子の雄友《おとも》は参議の座に列している。閣僚クラス入りしたわけで、いくつも年の違わない内麻呂は大きく水をあけられたかたちである。

「雄友はなかなかのやり手だからな」

と内麻呂は言う。吉子と雄友が手を組み、伊予を押しだせば、安殿を退けることも不可能ではないだろうし、げんに雄友は、着々と伊予の存在を印象づけることを狙っている……

「そのあたりのことに安殿さまは気づいておられない。東宮宣旨を力ずくで引き離されたことを恨み、父帝《ちちみかど》の前で、わめくの、騒ぐの……」

内麻呂は声を低めた。

「なにしろ、いま帝は内裏《だいり》を出て東院《とういん》においでだ。二重、三重に囲まれた内裏とは違う。お二人の争うお声は筒抜けさ」

「なるほど」

「帝の御堪忍にも限度があろう。宣旨などに心を奪われているときではないんだ。いくら恋いこがれておられようと、父君と言い争いなどなさるべきじゃない。皇太子であられる以上、堪《こら》えることを考えていただかねばならん」

それが政治というものだ、と言いたげな内麻呂は、さらに続けた。

「あれでは、雄友を喜ばせるばかりだ。そして、もしも……」

声はいよいよ低くなる。

「安殿さまが退けられ、伊予さまがお跡継ということになったらどうなる？」

「は？」

「すべてを失うのは真夏だぞ」

息を呑んで、冬嗣は父の顔を見守った。

——うむ、そうか。それを言いたかったのか、親父は。

しかし、その頰《ほお》には、息子の前途を案じる父の思いは読みとれない。

——なるほど、親父もまた……

声を出さずに冬嗣はうなずく。安殿と藤原緒嗣《おつぐ》と真夏——。同じ年に生れた中で、ひとり緒嗣が桓武の寵愛《ちょうあい》を受け、あざやかな出世をするのを横目で睨《にら》みながら、急激に安殿に密着していった真夏。そんな息子を放任し、なすにまかせているかにみえた父には、それなりの計算があったのだ。

安殿が暴走し自滅することは、内麻呂の描いた政治的構図をも破滅させる。

内麻呂の声はあくまでも静かだった。

「ともかく、安殿さまの御運が危うくなれば、真夏は一生諸司の判官あたりを這《は》いずりまわるよりしかたあるまいよ」

そのことを真夏に伝え、安殿の暴走に間接的ながら歯止めをかけようというのが、父の真意だったのか。

——気の重いことだな。

内心で呟きをくりかえす冬嗣に、内麻呂はこのとき、ふと微笑を送った。

「冬嗣、そなた、なかなか味なことを言ったな」

「私が、ですか」

いぶかしげな息子に内麻呂は大きくうなずく。

「庭の雪はそのままのほうが風情があると……。まさにそのとおりだ。そもそも東宮宣旨のこと、そのまま覆いかくしておくという手はなかったものかなあ……」


――気の重いことだな。

冬嗣はつい口の中でくりかえしてしまう。真夏があれ以来しばらく家に帰ってこないことに、むしろ救われる思いをしている。

が、十日ほどして、真夏は帰ってきた。

「あ、兄君ですか。お帰りなさい」

やれやれ、とうとう帰ってきてしまった、という思いが、隠しきれなかったのか、真夏は、

「帰ってきては悪かったのか」

冬嗣の胸の中を見すかすような言いかたをした。

「あ、いや、とんでもない。兄君が帰られたら遠駈《とおがけ》にでも行こうかと思っていたんですが」

口から出まかせを言ってから、

——うん、家の中で話すよりはいいかもしれんな。

冬嗣は肚《はら》の中でうなずく。

「遠駈か。悪くはないな」

馬好きの真夏は、すぐに応じた。

「じゃ、明日にでも。瑞野《みずの》あたりはどうです」

「帝が先ごろ御遊猟に行かれたところだな。草は踏みしだかれているかもしれんが、まあ、それでもいいとするか」

翌日、雲が低く流れ、風の激しい朝を迎えた。瑞野は長岡京の南、宇治《うじ》川と木津《きづ》川に挟まれた低湿の荒野である。行きは北風を背に受けて、二人の馬は飛ぶように走ったが、帰りの向かい風の激しさは覚悟しなければならない。おまけに道の途中で、風が霰《あられ》を運んでくるのに気がついた。

「引きかえしましょうか」

冬嗣は尋ねたが、真夏はかぶりを振った。

「いや、かえって気持がいい。久々の遠駈だものな」

「帝の御遊猟に、安殿さまはお供なさらないのですか」

「ああ」

短く答えて、真夏は馬の歩みを少し緩めた。

「お供する気にはなられまいよ。あのことがあった後ではな」

「それはそうかもしれませんが、しかし」

「なにが、しかしだ」

また真夏は馬を速めた。冬嗣も急いで肩を並べる。他所目《よそめ》には、息のあった速駈と見えたことだろう。

「一応、ことは終ったことですし」

「なんだって。ことは終ってやしないぞ、冬嗣」

「そうでしょうか」

安殿の命を受けた二人によって、帯刀舎人一人が殺され、その二人が桓武の命で殺されている。形の上ではけりがついたはずだが、と冬嗣が言いかけたとき、馬を走らせながら、真夏は唐突に言った。

「面目さ」

「面目？」

「そうだ。帝は御自分の面目を保つために、二人を殺しておしまいになったんだ」

「でも、二人は、あきらかに法を犯してますよ」

「つまり、見のがせば面目が潰《つぶ》れるってわけだ」

「面目というより、法を――」

「王者は法の擁護者だというのかね。法さえ守ればいい、というのかね」

真夏は、荒野の中の、小さな高みまできて馬をとめた。風はいよいよ激しくなって、野の涯《はて》から、丈高い葦《あし》を押しなびかせて吹きつけてくる。その風を睨むようにして、彼は声を荒らげた。

「人に法を守らせ、守らぬ者は殺す。それもよかろう。が、御自分はどうなのだ」

「帯刀舎人の佐伯成人《さえきのしげひと》に、東宮宣旨を連れてこさせたことですか。あれは別に法がどうのということでは……」

――おや、俺は誰かの代弁をしてるみたいだぞ。

冬嗣はおかしくなった。

「へえ、そうかい」

真夏は皮肉な笑みを浮かべている。

「たしかに、成人は人殺しをしたわけじゃない。だがな、冬嗣、帝は法を破る以上のことをしておられ、東宮宣旨と親王《みこ》を引き離し、親王の心をずたずたに引きさいておしまいになった」

「…………」

「それが、親が子にする仕打ちだろうか。父帝は親王の魂を踏みにじってしまわれたんだぞ」

「しかし、兄君、あえて申しあげますが」

——うん、ここでふんばらねばならんな。

冬嗣は自分に言いきかせる。

「誰の目から見ても、親王と東宮宣旨とのお仲は褒めたことじゃない。それを気づかわれたからこそ、帝は東宮宣旨を説得なさろうとしてお召しになった。そうして、しばらく二人を引き離し、冷静にものごとを考えるゆとりを持たせようとされたんです。そのお気持を親王もお汲みとりになるべきでした。成人を殺しておしまいになったのは早まった御処置ではなかったか」

真夏がなにか言いかけるのを押えるように冬嗣は続けた。

「親王の心を踏みにじったなどとは帝は思っておられませんよ。あえて東宮宣旨との間に割ってお入りになったのは――」

「親王を思えばこそ、と言うんだろう」

がまんしきれなくなったのか、真夏はそう叫んだ。

「みんなそう言うよな、見当はずれの親切を押しつけるときにはな」

「まあ、待ってください。帝の御心も少しはお考えを。帝はほんとうに親王を気づかっておられるのですぞ」

――おや、今度は、帝の身代りのような口をきいている。

いささかむず痒《がゆ》い気もしないではない。その心の揺れが、言葉の迫力を失わせたのか、真夏は鋭く切りこんできた。

「だから、形の上での御親切だというんだ」

「………」

「みんなもそのおやさしさに感動するよな。ああ、帝は皇太子を気づかっておられるって。が、ほんとはそうじゃない。安殿さまは口実に使われているのさ」

「口実?」

「そうさ。都遷《みやこうつ》りの失敗の尻ぬぐいさ」

──うむ、兄貴もかなり見るところは見ている。これは僻目《ひがめ》とはいえんな。

冬嗣も、内心うなずかざるを得なかったが、強《し》いて言った。

「だって、あの方は人妻だし……。ことがあらわになれば、親王に傷がつく」

「ほう、そうかね。御自分の素行を棚に上げて、よくもそうおっしゃれたもんだ」

「…………」

「冬嗣、安殿さまの御心を救ったのは、あの方なんだぞ」

「世間じゃ、うら若い安殿さまをたぶらかした妖姫《ようき》だって言っているらしいけど」

無意識に兄への言葉遣いが、ぞんざいになってきている。

「言いたいものには言わせておくさ。とにかく安殿さまは、あの方にめぐりあわれて、やっと魂の安らぎを得られたのさ。うん、もしかすると帝はそのことがお気に召さないのかもしれん」

「どうして？」

「御自分が安殿さまのためとかおっしゃってなされたことは、なんの効きめもなく、あの方だけが安殿さまをよみがえらせたとあってはな」

──このあたり、親父に聞かせてやりたいところだな。帝も親父も、ここのところは解っていない。

冬嗣は心の中でうなずきながらも、内麻呂の言葉を思いだす。

「なるほど、安殿さまのお気持はそうかもしれないが、かりにも父君である帝の好意を受けいれられないのはどうかなあ」

「なぜ、そんなことを言うんだ、冬嗣」

「うん、俺もよく知らないがね、帝と安殿さまが、激しく言いあっておられるなんていう噂《うわさ》は、ちょいちょい耳にするから」

「父君だな、言ったのは」

「いいや、このところ、わが家には来られないよ」

さらりと冬嗣は言った。

「噂は事実だ。安殿さまと帝の仲は決してよろしくない。が、安殿さまは言われるんだ。自分は言うことだけは言っておくんだって。早良さまのように食を断っての抗議なんかはしない、あんなことでは父帝はびくともしないって」

「えっ、すると……」

「覚悟は決めておられるんだ。権力を操るだけが政治なのか、人間の魂を忘れて、それが政治といえるのか。安殿さまはな、逆上しているんでもなんでもない。父帝の御即位以前からのやり口を――多くの人の命も魂も踏みにじってこられた御生涯を問いつめておられるんだ」

——呆《あき》れかえるほどの正論だ。

顔に当りはじめた霰を避けようともせず、冬嗣は空を仰ぐ。安殿が桓武の息子であり、かつ皇太子であるという現実を捨象すれば、千年の後にまで通用する正論だ。

——ということは、安殿さまは、ちっとも現実が解っていらっしゃらないということでもある。

「とにかく、兄君」

顔を叩いた霰がみるみる融《と》けてゆくのを袖《そで》で拭いながら、このへんできまりをつけようと、冬嗣は言葉を改めた。

「安殿さまは皇太子でいらっしゃるのですから、ある程度、帝と折合いをおつけにならねばなりますまい。政治というものは、ある程度堪《こら》えることでもあるようですから」

——おや、俺は親父の受売りをしている。

冬嗣の心はどこか醒《さ》めていて、そんな自分の口ぶりをおもしろがるところがある。

その冬嗣の面貌《めんぼう》を、霰より激しく、真夏の視線が刺す。

「帰ろうか、冬嗣」

言うなり、馬首を廻《めぐ》らした。

「おや、せっかく来たばかりなのに」

「もういい。天気も変りかけている」

馬を歩ませながら真夏は言う。

「そなた、どこへ耳をつけて聞いてるんだ」

「え？」

「俺は言ったろう。安殿さまは、早良さまのような無言の抗議はしないんだ、って」

「ということは？」

「早良さまと同じ道を辿ることはお覚悟なさっておられる。だから言うことは言う。わざと多くの者に聞えるようにな」

「…………」

「皇太子を廃されてもいい。伊予さまに譲りたいというお気持ならそれでもいい」

「ま、待ってください、兄君」

にわかに足を速めはじめた真夏の馬に追いつこうと、冬嗣も馬の腹を蹴《け》った。

「その伊予さまですが、まだ帝にはそのお気持はないようですよ」

「どうしてそなたに解る？」

「う……。そりゃ、なんとなく。きさきや雄友卿は必死でしょうが、廟堂《びょうどう》はそこまで動いていない」

「ふうん、見てきたようなことを言うんだな、冬嗣」

ここで親父の名は出せない、と冬嗣はしらをきる覚悟を決めている。

「ま、御自重を兄君から安殿さまにおすすめになってはいかがですか。同い年の兄君の言うことなら、案外解ってくださるかもしれない。大事なところですよ、ここは」

冬嗣は大きく息を吸った。

「もし、安殿さまのお身の上に万一のことがあったら、兄君の将来はどうなりましょう」

ふっと真夏は馬の歩みを遅くした。頭を垂《た》れるようにして、馬はゆるやかに荒野を踏む。

「そうか、冬嗣……」

真夏の声は低い。

「そんなに俺の身の上を気づかってくれるのか」

――あ、いや、そういうわけではないんだけど、などとはいまさら言えんしなあ。

冬嗣はへどもどしたが、

「ありがたく思うぞ」

と言ったところをみると、兄貴は案外純情なのかもしれない。

「しかしな、冬嗣。これはそれぞれの運命《さだめ》よ。どういうわけか安殿さまと俺は同じ年に生れた。同じ運命の星を分けあって生きているともいえる。ここまできた以上、安殿さまの辿られる道に俺はついてゆくよりほかはない」

——う、む、む。

冬嗣はひそかに唸《うな》る。純情どころか、すさまじい執念の炎《ほむら》だ。

「が、とにかく、まだ残された時間《とき》はある、ということです。とにかく安殿さまに御自重をと、兄君から」

「ふむ」

真夏の馬の歩みは依然として遅い。


後味のよくない遠駈だった。

いまにして思うのはそのことである。あのとき、真夏は最後まで父の意向が混っているのかどうかを尋ねなかった。もっとも尋ねられても言うつもりはまったくなかった冬嗣だったし、あの遠駈の日のことを、父に語るつもりもない。父の内麻呂も、あれ以来、冬嗣たちの邸への足は途絶えている。

——この年頃になると、親子も兄弟も、みんなばらばらになるんだな。

そんな思いがしきりとする。

しかし、われながら絶好の位置にあったと思うのは、桓武と安殿双方の状況がすべて読みとれたことだ。

その父と子の亀裂《きれつ》の深さ。次元の異なるところに立っている親子の、どうにもならない相剋——。このことを誰よりも明確に感じとれたのは、冬嗣ではなかったか。

——これは、わが家の比ではないな。愛憎が渦を巻き、燃えたぎっている。そこに権力がからんできているんだからすさまじい。

まだ官途につけない十九歳の冬嗣にとっては、もどかしい猶予期間ではあったが、反面、そこでなければ見てとれない多くのものを学んだのかもしれない。

翌延暦《えんりやく》十三（七九四）年は、いよいよ遷都を実行する年である。すでに大極殿《だいごくでん》はじめ、殿舎の移転がはじまっているので、この年の正月の儀式はなく、淋《さび》しい年明けとなった。

桓武の二大政策は新都造営と蝦夷《えぞ》地進攻である。壮大な新開発と領土拡張だが、新都の造営がむざんに挫折《ざせつ》したいま、蝦夷地進出だけはなんとしてでも成功させたいと必死になっている。これまでは何度か敗北を喫したが、いま、征途にあるのは大将軍大伴弟麻呂《おおとものおとまろ》、これに坂上田村麻呂《さかのうえのたむらまろ》以下数名が副将軍として添えられている現状だ。相変らず蝦夷の抵抗は手剛《てごわ》いが、田村麻呂たちが強圧策から懐柔策へと転換をはかったために、やっと曙光《しょこう》が見えはじめた。とはいえ、進出作戦の泥沼化は、この先涯《はて》もなく続くのだが……

一方、造営が進行中の山背《やましろ》の新都の視察も行われた。

「それぞれに、家造りのための費用を与えねばな」

桓武は、稲の大量分与で景気づけをはかろうとしていたが、その矢先、安殿のきさき、藤原帯子《おびこ》が急病になった。百川《ももかわ》の娘として、桓武が、

「とりわけ、大切にしてやれよ」

と言葉を添えて安殿の後宮に送りこんだ女性であったが、宣旨薬子の登場で、すっかり影の薄い存在となったまま、格別愛されることもなく、東宮の片隅にひっそりと住んでいた。

はじめはかりそめの不調だと思われたのが、一日のうちに容態が急変した。

「早く、早く……」

輿《こし》に担がれて、慌ただしく木蓮子院《いたびのいん》に移された直後、あっけなく帯子は命を終えた。

危篤に近い病人を移動させるという、現代では考えられない非常識がこのころよく行われているのは、穢《けがれ》を宮内に残さないためである。当時の習慣に従って、帯子は、合法的に死に追いやられたといってもいい。

ほかのどの事件よりも、冬嗣が時代の終りを感じたのは帯子の死だった。

――藤原百川どのに担がれて皇太子となった今の帝。壮大な未来の夢を描いてみせた百川どのはすでに亡く、帝のきさきとなった旅子《たびこ》さまも、東宮のきさきとなった帯子さまも、栄耀《えいよう》の日を迎えることなく死んでしまった。残ったのは侍従の緒嗣だけか。

あきらかに、百川の時代は終りつつある。ひととき時めいた種継《たねつぐ》も非業の死を遂げ、彼が精魂こめて造った都は、いま見すてられようとしている。桓武もなぜか種継の思い出にふれたがらない。

――それへの怨念《おんねん》が、東宮宣旨、薬子どのの胸の中には燃えているのだな。

帝、種継をもうお忘れですの？　身も心も捧げたあの種継を――と、瞳の中に青い炎をゆらめかせて、薬子は叫んでいるような気がする。

――してみると、安殿さまがいかにひとすじに心を燃やそうと、宣旨の思惑は別のところにありそうだなあ。

安殿と桓武、安殿と薬子の間もまた、かなりの食いちがいがあるようだ。

長岡京にいる間に、もう一つ、桓武が仕上げたがっていたのは修史事業だった。

「天子たるもの、先帝の事蹟《じせき》を編み、堂々たる歴史書を作らねばならぬ」

それが中国の天子の事業の一つであり、それに倣《なら》う身としては、当然、輝かしい成果を世にしめすべきだ、と桓武は堅く信じていた。

ところで、日本の歴史書といえば『日本書紀』だ。神代から持統《じとう》天皇までの長い歴史が綴《つづ》られているものの、その後文武《もんむ》天皇以降、孝謙《こうけん》女帝までの分は、奈良時代に一応三十巻にまとめてある、といった程度だった。そこで、それ以後の時代について、桓武は右大臣藤原継縄《つぐただ》以下に命じて編纂《へんさん》を行わせた。

とりわけ、父である光仁《こうにん》帝の事蹟の筆録に意を用いさせたようだが、この編纂事業がなかなか進まない。

「まだか、まだか」

桓武の苛《いら》だちの中で、ともかくも十四巻が完成したのはその年の八月。遷都直前に、ようやく面目を保ったというかたちだった。しかし、これと比べると、既成の文武以降の部分は、ひどくアンバランスが目立つ。

「よしよし、いずれ最初からやりなおしだ」

ともかく十四巻を受理したものの、桓武の心の中には不満が残った。

その上、新都の推進役だった大納言藤原小黒麻呂《おぐろまろ》は、七月に他界してしまっている。

──やれやれ、なんとなくちぐはぐな都遷りだなあ。

冬嗣はそう思わざるを得ない。

桓武帝自身も、やや体調を崩している。早良の呪縛《じゅばく》から逃れ、いちばん喜んでいいはずの安殿は、笑顔ひとつ見せようとしない。

──どうせ自分は口実だ。長岡遷都は帝の大失策なんだ。それを皇太子のための遷都だ、百姓《ひゃくせい》を洪水《おおみず》から救うためだ、なんてきれいごとにしてしまって。見ろよ、結局長岡宮は中途半端だし、征夷《せいい》の軍《いくさ》もけりはついていない。

いや、安殿が悪態をつくまでもなく、即位以来の蹉跌《さてつ》を、誰よりも自覚しているのは桓武自身ではなかったか。

そもそも新都選定を誤ったのか。いや、そうではないはずだ。中国の都城に最もよく似た地形。陰陽師《おんみょうじ》も口を揃《そろ》えて四神相応《しじんそうおう》の地と言ったではないか。宮都の計画は壮大で、平城京を凌《しの》ぎ、豪奢《ごうしゃ》な殿舎が立ちならぶはずだった。水利の便もよかった。四方の諸国の富が、溢れるように集まってくるはずの場所だった。

計画が壮大だっただけに、半ば壊された長岡京は、敗残の巨体を、桓武の前に突きつけている。王者はひとり、自己の巨大な失敗作に向きあわねばならない。

――そうだ。ただひとり、誰の支援もなく。

離れているだけ、冬嗣は王者の孤独が解るような気がする。みんなの心はばらばらだ。そのばらばらの心を載せて、いま、車駕《しゃが》は動きだそうとしている。かの地につけば、駆りだされた百姓たちが、大歓迎でこれを迎える手はずになっているらしいが、そんなまやかしを、いちばん見ぬいているのは、身も心も傷ついた王者桓武、そのひとではなかったか。

野《の》中《なか》古道《ふるみち》

冬嗣《ふゆつぐ》の父、内麻呂《うちまろ》の邸《やしき》は、多勢の来客でごったがえしている。延暦《えんりゃく》十三（七九四）年、長岡京から新都へと都遷《みやこうつ》りしてまもなくのことである。

内麻呂が参議に任じられたのだ。参議といえば、朝政の枢機にあずかる閣僚クラス、いよいよ廟堂《びょうどう》の高官入りした彼に、ひと言祝いを、と人々は我勝ちにその邸に押しかけた。ひきもきらず訪れるそれらの人々に、

「いや、わざわざお出かけくださって」

内麻呂はおだやかに礼を言う。

「恐縮です。邸もごらんのとおり、できあがっていませんのでな、おかまいも申しあげられず……」

彼らの邸のほとんどは、旧都長岡からの移築である。いや、邸宅のみならず、宮中の大事な儀式を行う大極殿《だいごくでん》も移築の最中で、来年正月の朝賀《ちょうが》（元日の儀式）には間に

あいそうもないありさまだ。

「そのような御遷都直後の御昇進だからこそ、よけいにめでたいのです」

人々が口々に言うのを聞きながら、

——そういう褒《ほ》めかたもあるってことだ。

冬嗣は内心にやりとしている。

ところで、新都建設の場合は、あらかじめ縦横の大路小路が定められ、官吏たちは、その区画の中に邸宅地が与えられる。宮域は都の北部中央にあり、天皇の常住の内裏《だいり》や諸官衙《かんが》がおかれ（後世になってこの全体を通称大内裏《だいだいり》というが、正式の呼び名ではないし、もちろん遷都当初にはそうした呼びかたはされていない）、その近くに高官が住み、南へ向かって身分の高い者からしだいに低い者へと土地を分けてゆく。広さも高官は基本単位である一町《ひとまち》（約一四四アール）が支給されるが、低位者の宅地は段々狭くなる。五位がその四分の一、そして最低は一町を東西四等分、南北八等分した東西に長い長方形の区域が与えられる。これを一戸主《いちへぬし》と呼ぶが、それでも四五〇平方メートルぐらいというから、現在の百五十坪というところか。

残念ながら班給された内麻呂邸を、現在のどこと比定するだけの資料は存在しないが、まず当時の高官の一人として、官衙に近い都の北東部のどこか、と考えて誤りはないだろう。すでに刑部卿《ぎようぶきよう》で左兵衛督《さひようえのかみ》を兼ね、参議昇進も予定されていたと考えれば、新京で与えられた邸宅の広さも一町であったかもしれない。その中に、真夏《まなつ》も冬嗣も、しかるべき曹司《そうし》を与えられているのだが、真夏は安殿《あて》の許《もと》に、冬嗣は安世《やすよ》の住む母の家に行っていることのほうが多い。

が、内麻呂の参議昇進が決まってからは、父に命じられて、来客の応接に当っている。

「どれもこれも、似たような挨拶しかしないもんだな」

真夏はうんざりした顔つきだ。

「かねてから、すぐれた御学識と、度量の広い御性格には内心感服し、御出世はまちがいなしと思っておりました、だと。ふん。一度もそんなこと言いにきたことのないやつが、ぬけぬけと並べたてるんだからな」

「ま、そりゃそうだけど」

冬嗣は、にやりとして言う。

「そう言う連中の顔を見ているのも、けっこうおもしろいと思いませんか」

「ふうん、どんなふうに？」

「たとえばだ。父君の学識や人格を褒めあげて、歯の浮くようなお世辞を言う連中は、もちろん、心にもないことを言っている。本心は、内麻呂どの、拾いものをされたな、うまいぐあいに小黒麻呂《おぐろまろ》どのが死んでくれたおかげで、運が向いてきたようだな、ってね」

藤原小黒麻呂は大納言。右大臣藤原継縄《つぐただ》に次ぐナンバー・2の存在だった。今度の遷都の一切を取りしきった強腕の彼は、無能という定評のある継縄を超えて、実質的には最高権力の持主だったが、遷都直前の七月急逝した。そこで小黒麻呂と同じ藤原北家《ほっけ》の出である内麻呂が廟堂の末席の参議の座を与えられる機会がやってきた、というわけなのである。

「ま、たしかに、そのとおりですがね」

冬嗣が苦笑すると、

「不幸なやつだな、そなた」

真夏はすかさず言った。

「なぜに」

「ものごとがあきらかに見えすぎる。親父《おやじ》の出世に浮かれていないのは、けっこうだが」

たしかに、冬嗣の見るとおり、内麻呂の出世は、当時の廟堂の派閥均衡策の賜物《たまもの》だ。

そのころ、大納言、中納言、参議に顔を並べているのは、皇族や、かつての名族の紀《き》氏、石川氏、大中臣《おおなかとみ》氏など、それぞれ代表格が一人か二人、それに藤原氏が数名加わる。

藤原氏は奈良時代からすでに四家に分れている。北家《ほっけ》・南家《なんけ》・式家《しきけ》・京家《きょうけ》──。京家は早くに没落し、式家も種継《たねつぐ》が暗殺されてからは廟堂から姿を消した。残る南家と北家の間は微妙で、南家側は無能な継縄のほかに、四十を少し出たばかりの雄友《おとも》が参議として入っている。北家は小黒麻呂一人だが、現実に政治を取りしきっていたのは彼であり、南家はその下風《したかぜ》に立っていた。その意味では小黒麻呂が死んでいちばんほっとしているのは南家かもしれない。

冬嗣をからかった真夏も、そのあたりのところは読みとっている。

「苦労されるなあ、父君も」

小黒麻呂のかわりに内麻呂が廟堂入りすると、南家側は、すかさず自陣営の勢力拡大を計り、南家系の人間を同時に二人廟堂に押しこんだ。

一人は雄友の兄、真友《まとも》。五十三歳。すでに弟に先を越されたくらいの人間だから、能力のほどは知れたものだが。

もう一人は藤原乙叡《おとえ》。継縄の息子だ。七十に手の届きかけている継縄は、もともと

いて、政治能力に欠けているのだが、半ば惚《ぼ》けかけているのだが、妄執だけは人一倍強くなって

「どうか私が達者なうちに、息子を参議に」

と桓武《かんむ》に頼みこんだという噂《うわさ》が専らだ。参議入りを果たした乙叡はまだ三十一歳、いまだかつてない若年参議の誕生である。

真夏は、例のよくきく鼻で、その裏側の情報も仕入れてきている。

「乙叡を押しこんだのは、継縄公ではなくて、母君の明信《みょうしん》さまだというぞ。なにしろ、あの方の言うことなら、帝《みかど》はなんでもおききになるんだから」

百済王《くだらおう》明信は後宮を取りしきる尚侍《ないしのかみ》、かつての桓武の愛人の一人で後に継縄の妻となった。無能な継縄が右大臣になれたのも、この明信のおかげだといわれているくらいだから、彼女がわが子のために桓武をくどいたことは十分に考えられる。そしてこの一連の人事の翳《かげ》にいるのが参議の雄友だ、と真夏は言うのである。

「小黒麻呂という重石《おもし》が取れたからな。今度は俺の天下だと思ってるのさ」

冬嗣は半ばうなずきながら首を傾《かし》げる。

「でも雄友卿はまだ参議でしょう。上がつかえてますよ。そう勝手なことは……」

「いや、ほかは老いぼれだの能力もない連中が顔を並べているにすぎん」

この章の主な登場人物の関係図

（細字名はすでに死没）

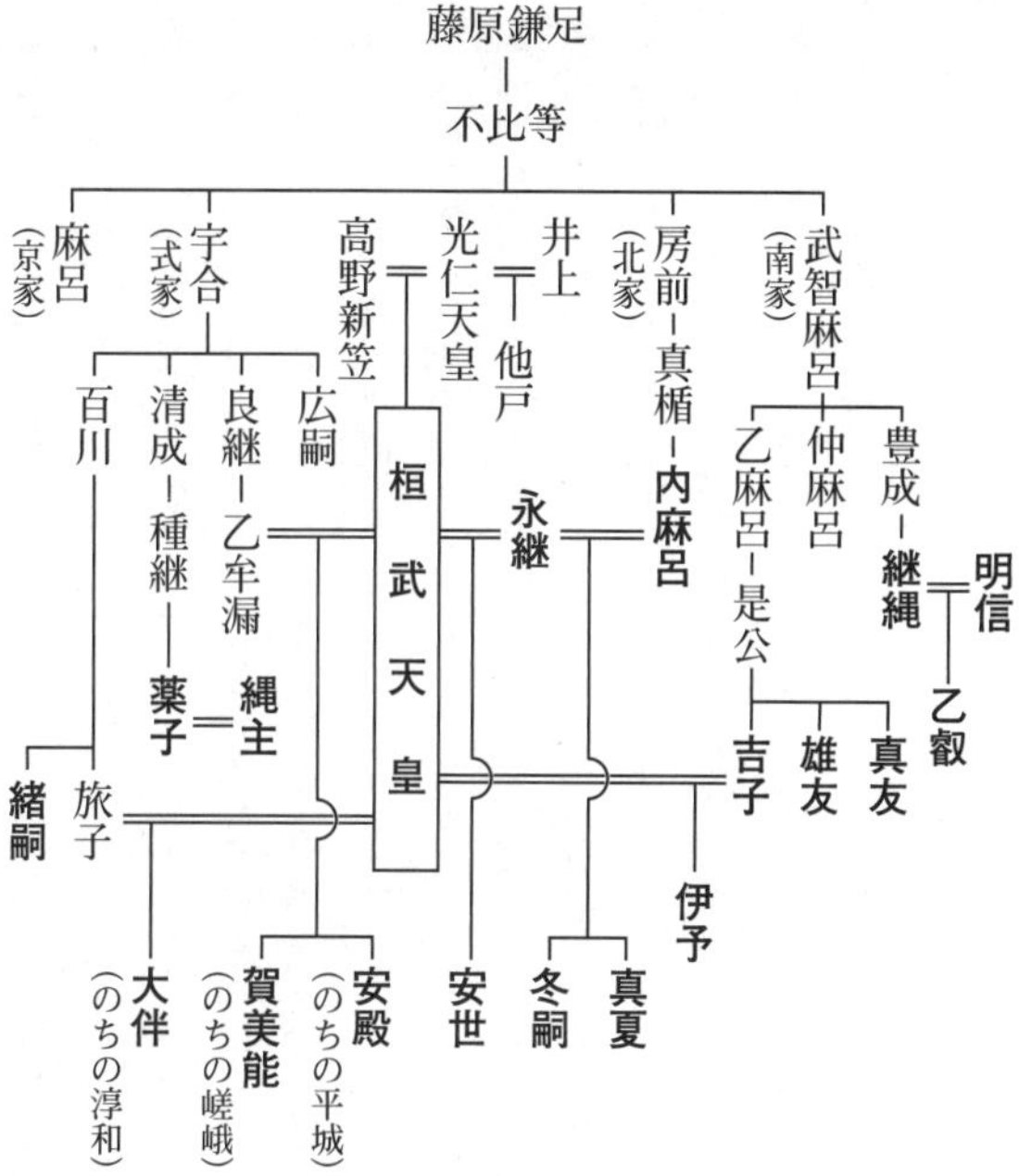

たしかに皇族出身者や、旧名族の代表は、坐《すわ》り心地のいい地位に満足し、政治的野心などはどこかへ置き忘れている感じである。四十を少し過ぎたばかりの、やりての雄友には、うまうま丸めこまれてしまうに違いない。

雄友は明信に取りいり、乙叡の参議入りを奨《すす》めたに違いない。そして継縄・明信夫妻をいい気分にさせ、それと引きかえに、兄の真友の昇進を認めさせたのではないだろうか。継縄と雄友は直接の血のつながりはないものの、南家グループとして、廟堂の主導権を握る体制を整えたのだ。

旧名家総出場の、廟堂の勢力均衡時代は終った、と真夏は見ているようだ。

「遷都はそのいい口実になったのさ。刷新政治、なんて格好のいいことを言いながら、雄友卿はなかなかやるじゃないか。見ろよ、あの顔ぶれを」

たしかに継縄・乙叡父子と雄友・真友兄弟の南家グループは、無能の名族たちを棚上げして、がっちり手を組んでいる。

「冬嗣、見えるだろう、その先が」

「え？」

「彼らの担いでいるのが誰かっていうことさ」

「…………」

「伊予《いよ》さまだ」

なるほど、伊予親王は雄友の姉の産んだ皇子である。雄友は伊予を担ぐために、明信を抱きこみ、乙叡の参議入りという好条件を提供したとも思える。

「兄君」

「なんだ」

「あまりにいい眼をお持ちの兄君も、また不幸せということになりそうですね」

「からかう気か」

「いや、そういうわけでも……」

「冗談じゃない。俺は安殿さまのお身の上を案じているんだ。見てみろ、あの中に一人でも安殿さまの味方になりそうなのがいるか」

「父君はどうです？」

「父君か……」

真夏は複雑な表情で口ごもる。息子の目から見ても、父は雄友のようなやりてではない。年齢《とし》もいくつか下だし、孤塁を守って奮闘するたちではないようだ。

——無理だろうな、父君じゃ安殿さまを守りきれまいよ。

——そうでしょうか。兄君のためにも、ふんばるんじゃないですか。

さすがに口には出せず、眼と眼で兄弟は語りあう。内麻呂邸には、相変らず祝い客がひきもきらない。が、内麻呂が足を踏みいれようとしている最高権力の府は、なみなみならぬところであるらしい。

遷都にあたって山背《やましろ》は山城と改められた。新都が「平安京」と呼ばれるようになったのは、桓武を迎えたその地の人々が、異口同音にそう称《とな》えたからだという。ともかく旧都長岡でのさまざまの挫折《ざせつ》の記憶を拭《ぬぐ》いさろうとして、祝福気分の盛りあげに政府が躍気になっていたことだけはたしかである。

年が変ると、豪奢《ごうしゃ》な酒宴や大がかりな遊猟が度々行われた。桓武もひととき怨念《おんねん》の呪縛《じゅばく》から逃れた思いだったのだろう、宴席で酔余の興に古歌を口誦《くちずさ》んだこともある。

古《いにしへ》の野《の》中古道《なかふるみち》改めば改まらんや野中古道

傍らの尚侍明信をかえりみて、

「どうだ、返歌をつけないか」

と、しきりに求めたが、

「私なんか、とても」

明信が固辞すると、

「じゃ、代ってやろうか」

いよいよ興に乗って、口誦んだ。


　君こそは忘れたるらめ和魂《にぎたま》の手弱女《たわやめ》我は常の白玉

宴《うたげ》に連なる人々は、

「おみごと、おみごと」

「よいお声でいらっしゃいますな」

口々に褒めそやした。

――なんだか、帝はみんなから、いたわられている感じだな。

　話を聞いたとき、冬嗣の思いはそれだったが、真夏の受けとりかたは、いまひとつ違っていた。

「そうれみろ、俺の言ったとおりだろう」

久しぶりに、冬嗣の前で、鼻の上に皺《しわ》を寄せて笑ってみせた。

「言ったとおりって？」

「乙叡のことさ。久しぶりに明信さまは帝におねだりをしたんだ。しかも、あの色香だ。若い女にはない、ねっとりと、男をひきつけるなにかがある。案外、帝は、ほい、しまった、継縄なんかにやるんじゃなかった、なんてお思いになったんじゃないか」

「なるほど、それで、野中古道改めば……っていうわけで？」

「そうだ。みんな新京を寿《ことほ》ぐ歌だ、なんて思ってるらしいがね」

「でも、それじゃあ、あんまり露骨すぎるなあ。いまさら古道をもう一度、なんて」

「そこだよ。厚かましいほどの本音を、けろりとおっしゃる方なんだ。酔ったふりしてはいらっしゃるけど、どうしてどうして」

「そうかなあ」

「そうさ、さすがの明信さまも、宴の席であけすけに言われちゃ、答えようがない。もじもじしておられたので帝が助け船を出された。あの歌を見ろよ。私は昔のとおりですけど、あなたさまこそ、お忘れになっていらっしゃるんでは……っていう意味だろう。前の歌が新京の寿《ほ》ぎ歌だったら、これじゃ返歌になってないじゃないか」

「なるほど、でも、兄君。あれは、ちょっとばかり、たちの悪い冗談じゃないんですか」

「というと？」

「考えてもごらんなさい。帝ももう五十の半ばは過ぎておられる。明信さまはふしぎにお美しいが、でもかなりのお年齢《とし》でしょ。かつての若き日を思いだして、ああ、過ぎし日の思い出よ、って、無理に若がってみせただけじゃないですか」

「ふん、居並ぶ連中にはそう思わせて、な。冗談とも本気ともつかないところが、あの方の手剛《てごわ》いところなのさ。わがままな、といってもいい」

　真夏の顔は、いやに真剣になってきている。

「わがまま？」

「そうさ。自分勝手だ。御自分は好きなことをなさって……」

　兄は、桓武が安殿と薬子《くすこ》の仲を割いたことに、なおも恨みを含んでいるのだ。

「解りました、解りました」

　冬嗣が急いで手を振ると、真夏は、にやりとした。

「なにが解ったんだ」

「いや、その……」

「解っておらんよ、そなたは。ま、この話はよそう。なんで解っていないか、教えてやろうか」

真夏は声を低くした。

「近々、朝原《あさはら》内親王さまが伊勢の斎宮《さいぐう》を退出なさるんだ」

朝原は桓武の皇女。彼女が伊勢に旅立つのを見送りに、桓武が奈良へ赴いた留守に、長岡京で種継が暗殺された。なにやら因縁を帯びた存在として、朝原の印象は記憶に新しい。

地獄耳の真夏は、どこでその噂を聞きつけたのか、やがて都から朝原を迎える使が出されるのだという。

「へえ、なんのための斎宮退下《たいげ》なんです。御病気でも?」

「いいや、いたってお健やかだ。じつはな」

真夏はあたりを窺《うかが》う眼つきになってから、冬嗣の耳に顔を寄せた。

「東宮妃になられるんだ」

「えっ」

「しいっ。まだ内密の話だぞ」

遷都直前に、安殿のきさき、藤原帯子《おびこ》は急逝している。彼女は桓武擁立の立役者として活躍した藤原百川《ももかわ》の娘である。それだけに、桓武は帯子の将来に期待を寄せていたのだ。薬子に心を奪われている安殿が、ほとんどその死を悲しみもしなかったことを苦々しく思いながら、桓武がその後釜《あとがま》にわが娘を、と思いたつのもしぜんのなりゆきだろう。

――なるほど。

眼顔でうなずく冬嗣の鼻先で、真夏はにやりと笑った。

「たしかにけっこうなお相手さ。朝原さまの母君は、帝のきさき酒人《さかひと》内親王さま。酒人さまの母君は光仁《こうにん》帝のきさき井上《いのうえ》内親王さま。三代続いての御結婚とあっては、けちのつけようもないやね。ただし……」

「母君、祖母《ばば》君にまつわりつく、ただならぬ御因縁を除いては、ね」

井上内親王は聖武《しょうむ》帝の皇女だが、でっちあげの事件によって謀叛《むほん》の罪をなすりつけられ、皇太子だったわが子他戸《おさべ》とともに謎の死を遂げる。このすさまじい事件をかいくぐって皇太子になったのが、山部《やまべ》親王、すなわち桓武帝だ。井上に対する罪滅ぼしのつもりもあってか、桓武は、井上所生で、伊勢斎宮だった酒人内親王をきさきに迎えいれる。酒人は幸い母のような悲運にはめぐりあわなかったが、異常な性欲の持主で、度々桓武をてこずらせた。

そして、その血を享《う》けた朝原は、くすしくも母と同じ斎宮への道を辿《たど》り、いま東宮妃に迎えられようとしている……

「まったく、けっこうな御因縁づきの内親王さまじゃないか。俺だったらそんなお方はお断りだがね」

真夏は吐きすてるように言う。安殿にもまったく朝原を迎える気はないのだが、さりとて、拒否する権利もない。

「帝が解っておられない、というのはそこなんだ」

「なるほど」

「女をあてがえばいい、ってもんじゃないのさ。それで宣旨《せんじ》（薬子）を忘れさせようというなら、それは大きなまちがいだ」

「となれば、朝原さまもお気のどくですね」

言いながら、冬嗣は別のことを考えはじめている。

――いにしえのなかふるみち、か。帝が口誦まれたその席に、母君は連なっていたのかな。

安世を産んだ後、母はとりわけ桓武の愛を受ける様子もなく、身分の高い女官に任じられる気配もない。なんとなく中途半端なかたちで宮仕えを続け、それをさほど気にもしていないようなのだ。

――もう、そういうことからすっかり離れたところにおいでなのか。まさか……。明信さまだって、あの色香だもの。

母であるがゆえに、かえって、真の姿が摑《つか》みにくい。冬嗣には、時折、母がこの世ならぬ存在に思えることがある。が、現実に戻れば、安世がいる。まだ九歳の幼さだが、いずれ元服の日が来るとして、あの浮世離れのした母君では心許《こころもと》ない。

「冬嗣、おい」

真夏の声で冬嗣は我に返る。

「なにを考えているんだ、急に黙りこんでしまって」

「いや、なんでもない。その朝原さまのことですが、お美しい方なんですか」

「朝原さま？　そんな話を俺はしてないぞ」

「おや、そうでしたか、失礼」

せっかちな兄は、どうやらもう話題を変えてしまっているらしい。

いくら真夏が地獄耳であったとしても、当時の彼らは、しょせん、垣根の外を嗅《か》ぎまわる犬ころにすぎない。なぜなら二人はまだ官僚機構の裾《すそ》にも潜りこめない無官の身だったから……

その二人にも、やがて出仕の機がやってきた。当時、蔭位《おんい》の制といって、五位以上の官人の子や孫は、二十一歳になると、それ以下の官人より有利な位を与えられて官界入りする制度があった。もちろん与えられる位は、父や祖父の位に応じて異なり、一位の子は従五位下、孫は正六位上、二位の子なら正六位下、といったぐあいになる。冬嗣の父の内麻呂は従四位下だから、長男の真夏は従七位上。冬嗣のような次男以下は一階下がって従七位下、というきまりである。まさに官僚制度の尻尾《しっぽ》に近いところからの出発だが、しかし八位以下の官人に比べれば、かなりましということになる。

ちょうどこのころ、左右の大舎人《おおとねり》は、こうした蔭子《おんし》、蔭孫《おんそん》の中から、容姿端正で書算に巧みなものを任じよ、という勅が出ている。大舎人は、宮中に宿直したり、天皇《う》の外出時に警固に当る役だ。が、参議内麻呂の子である彼らには、もう少し有利な内舎人《どねり》のポストが考えられる。

内舎人——。大舎人と名前は似ているが、天皇の側近で雑務をつとめる役だ。宮中での宿直、天皇の外出の警固ももちろん彼らの任務だが、天皇の身近で枢機をかいま見ることができる点で、将来のためのよい勉強になる。いわば秘書課の見習い、といったところである。後世になると舎人の地位が下落するので、ほんの端役のように思われがちだが、当時は高官の子弟の経験する必須コースだった。

以来、冬嗣はじわじわと官吏の道を這《は》いあがってゆく。現代のように民間会社、芸能界などと多様な人生が選びとれる時代ではない。開かれているのは官吏の道ただ一つ。そこに多くの若者がひしめきあっているのだから、ひと掻《か》き前に出るのも容易なことではない。

彼の歩みは決して早いほうではなかった。従七位上から正七位下、正七位上……。見あげるばかりの位階の階段は、はるか彼方《かなた》まで続いている。そのときになって身に沁みて感じるのは、一つしか年上でない藤原緒《お》嗣《つぐ》のあざやかな昇進ぶりである。

「緒嗣よ。今わしがこうして皇位にあるのは、みなそなたの父、百川の働きによるものだ」

桓武は折につけてこうくりかえし、その功績に報いるために、十五歳になった緒嗣を殿上で加冠し、正六位上内舎人に任じた。

——あれから十年近く経《た》っているのに、俺はまだ正六位にはほど遠い。

今のところ、目標は従五位下に辿りつくことだ。これを叙爵《じょしゃく》といって、ここからいよいよ高級官僚への道が開かれるのだが、正六位上から従五位下の間はたった一階ながら、ここを這いあがるのは容易なことではない。

——なのに緒嗣は、十八の年齢でやすやすと叙爵している。ふうん、兄貴が悔しがるのも無理はないなあ。兄貴だって叙爵できるのはいつのことか……

内舎人を経験した後、冬嗣は、刑部省《ぎょうぶしょう》に入った。訴訟、裁判、罪人の処罰を司《つかさど》る役所である。父の内麻呂が以前刑部卿をやっていた関係で、内麻呂がその下僚たちに、

「こいつを少し仕込んでくれないか」

と声をかけてくれたのだ。おもしろくもない仕事だったが、こうして少判事となったのが延暦二十（八〇一）年、すでに二十七歳になっていた。

そのころまでに桓武の皇子は次々と元服している。まず、延暦十七（七九八）年、十三歳になった大伴《おおとも》親王と同年生れの葛原《かずらはら》親王が殿上で加冠し、翌年、これも同い年の賀美能《かみの》親王がこれに続いた。

三親王はそれぞれ母が違う。大伴の母は、桓武の信任の篤《あつ》かった百川の娘、旅子《たびこ》だが今は亡い。百川の労に報いるつもりか、大伴の元服は儀式も盛大で、加冠した姿を見て、

「亡き母に面差が似ている」

と桓武は眼頭を押えたという。大伴につきそっているのは、もちろん緒嗣だ。すで

に従四位下に進み、参議へあとひと息というところまできている。

——いずれは安殿さまのお後を……

と、緒嗣は野心を燃やしているらしい。伊予親王を擁する南家側にとっては強敵の出現である。ぐあいの悪いことに南家側では、それまでに右大臣継縄と参議真友を失っている。その中心にあった雄友は中納言に進んではいるが、隙《すき》あらば安殿を引きずりおろそうというもくろみは崩れ、いささか旗色が悪くなっている。

同じ日に元服した葛原親王の母は多治比真宗《たじひのまむね》で、弱小氏族出身だけに皇位争いでは圏外にある。ちなみにこの葛原の血を享けた高望《たかもち》王と高棟《たかむね》王が、のちの桓武平氏《へいし》の祖となる。

賀美能親王の母は、亡き皇后乙牟漏《おとむろ》。安殿の同母弟にあたる。おおらかな人柄で、近頃は学問にも身を入れはじめているという。

——どうやら兄君より御器量は上らしい。

というのが専らの評判である。とはいうものの、今の情勢では、賀美能が安殿を追い越す気配はまずない。

元服の儀式は厳粛だったし、終っての宴もますます華やかで、桓武の周辺はにわかに賑《にぎ》やかになったが、成人した皇子を擁しての競《せ》りあいは、これからいよいよ激烈になりそうである。

ところで――

その競りあいから置きざりにされている皇子が一人あった。

冬嗣の母、百済永継《ようきよう》の産んだ安世王だ。

年齢からいえば、彼は大伴たちより一つ年上だ。同じく元服の沙汰があってもいいはずなのに、桓武は、なんの意向も洩《も》らしてはいないらしいのだ。

「どうするおつもりなのですか、母君」

冬嗣はひとり気を揉《も》んでいるのだが、

「さあ……」

母の返事は、いたって頼りない。そして安世はといえば、いまは乗馬に夢中で、平安京の周辺の野原を駆けまわることしか考えていないらしいのだ。真夏は彼についてはいつもそっけない素振りしかしめさず、

「帝はあまり安世のことは考えておられないようだぞ、いや、考えないふりをしておられるのかもしれないがね」

と言うばかりだった。今になって思いだすのは、桓武に薬子との関係を詰《なじ》られた安殿が、

「じゃ、父君はどうなんです。内麻呂の妻を近づけ、安世を産ませたじゃありませんか」

と、反論したことだった。

──そのことに帝はいまもこだわっておられるのだろうか。

せっかく遷都しても、安殿の体調は決してよくはなっていなかったし、桓武との関係も依然なめらかにはなっていない。

──薬子が戻ってこないかぎり、私の健康は回復しはしないんです。

と、安殿は、むきになって父に抵抗しているかにみえる。朝原内親王は、桓武の意向どおり安殿のきさきにはなったが、その殿舎に安殿は近づきもしないのだという。

桓武もまた、

──安殿は仮病だ。おろかものめが。

と苦りきっているらしい。

──その狭間《はざま》に陥《お》ちて、前途も決められないでいる安世、というわけか。こりゃ少しかわいそうじゃないか。

冬嗣はそう思いはじめている。

「母君」

賀美能親王の元服も終った年の秋の末、久々で母と向かいあった彼はさりげなく切りだしてみた。

「よもや帝は安世のことをお忘れになっているんじゃないでしょうね」

「まあ、ほ、ほ、ほ」

母の笑いが、むしろ無邪気であることに冬嗣は落胆した。

「いつまでも童形にしておくわけにもいきませんでしょう。帝の御意向さえ承ってくだされば、私があとは準備いたしますから」

「そうですねえ」

気のない返事に冬嗣は少し焦《じ》れている。

「母君、都遷りのあってまもなく、帝が宴の席で口誦まれた歌のこと、御存じでしょうか」

「え?」

「古の野中古道改めば……。あの歌です」

「そう、そう、そんなことありましたねえ」

「母君もお席にいらしたのですね」

「ええ」

「あれはなかなか意味ありげなものだったようですね。私はもちろんお席に侍《はべ》る資格もありませんでしたけれど」

「…………」

「帝は御機嫌でいらしたとか。古なじみの明信さまに、ちょっと眼配せなんかなさったんじゃありませんか」

「…………」

「あのときは、明信さまが、御自分の息男《そくなん》の乙叡どのの昇進をおねだりした後ですよね。そのおねだりが、帝のお気に召して……」

冬嗣の言葉の回転は遅くなっている。

——妙なめぐりあわせだな。俺が母君に、おねだりをそそのかすなんて。それも俺の親父でもない人に、おねだりしては、だと……

人が好《よ》すぎるのか俺は、と腹の中で苦笑しながら、ちらと母の顔を覗《のぞ》くと、母はほのぼのとした笑みを浮かべている。

——だめだな、これは。

この様子では母も桓武もあてにはできない。残るのは兄の真夏だけだ。安世のことについてはいつも気乗り薄な兄だが、なんとか智恵ぐらいは貸してくれるかもしれない。

久しぶりで東宮から戻ってきた彼を摑《つか》まえて話をしてみると、

「帝をあてにするのはよせ」

思った以上の冷淡な答が返ってきた。

「でも、安世の父は帝なんだから」

「冬嗣、知らないのか、そなた」

「え」

「子供を棄てることは平気なんだよ、あの方は。げんに――」

さすがに声は低めた。

「一人の皇子が見すてられた」

「えっ」

「東宮のころに、多治比豊継《たじひのとよつぐ》という女嬬《にょじゅ》との間に生れた皇子があったんだが、後ですっぱり臣籍に降しておしまいになった。長岡という姓をおつけになってね。名は岡成《おかなり》といわれる」

「そ、それはいつのことなんだ」

「たぶん延暦六年、そなたがまだ幼かったころのことさ。いまだに岡成どのは六位の官人だがね」

「でも、延暦六年といえば、帝はすでに位についておられたな」

「もちろん」

天皇の実の皇子が、親王にもされず、そのまま臣籍に降されるということもあるのか……

――よもや、安世には、そんな運命は待ちうけてはいまいな。

眼をつぶると浮かんでくるのは、ほのぼのとした母の笑顔であった。その笑顔に重なって、冬嗣の耳に響いてくる歌声がある。

「古の野中古道改めば……」

緑と紫

「子を棄《す》てることは平気なんだよ、あの方は」

兄の真夏《まなつ》が、桓武《かんむ》についてこう言ったとき、

――なんで、俺は、へんにどぎまぎしてしまったんだろう。

今にして冬嗣《ふゆつぐ》はそう思う。

――へえ、そうですか、と、にやりともできなかったなんて、いつもの俺らしくもなかったよなあ。

兄貴をからかい、ときには激昂《げっこう》させるのがお手のものの冬嗣としては、たしかに不用意な腰砕けであった。いや、それというのも、父桓武に見すてられるかもしれない異父弟の安世《やすよ》の身を気づかって、冷静さを失っていたのか……。もっとも、誰かに面と向かって、そう言われたとしたら、冬嗣はたちまち無表情を装い、

「なんの、そんなに安世のことで気を揉《も》んでなんかいるものか。まあ、わりとかわい

い奴だとは思ってはいるがね」

　さらりと言ってのけるかもしれないのだが。

　じじつ、あのときは安世の身を思うというよりも、母の永継《ようきよう》の、まるで別世界にでもいるようなおおどかさを焦《じ》れったがっていた冬嗣だった。尚侍《ないしのかみ》明信《みようしん》の要領のよさ、あつかましさに比べて、なんと母は無欲でおっとりしていることか。が、その苛《いら》だたしさが、ある種のばねとなり、つい安世に肩入れしてしまうのもたしかなのだが。

　それにしても、あのときの真夏の言葉はいやに冷たかった。わざと冷酷に言いすてて、冬嗣を挑発しようとしていたのかもしれない。それを、冬嗣は、なにやら受けそこなった感がある。

　冷酷な帝王。

　権力欲の権化。

　人間性への無理解。

　真夏は折につけて、桓武についてそう言う。

　官途につくまでは、王者とはそういうものか、と思わないではなかったが、数年間の内舎人《うどねり》をつとめた経験から、冬嗣は兄の言葉をそのまま受けとることはできなくなっている。

数年間の内舎人時代の収穫は、なんといっても、王者の日常をかいま見ることができたことだろう。高官たちもしきりに出入りするし、枢機にかかわることも耳にするが、それより、冬嗣が関心をそそられたのは、生身《なまみ》の桓武そのひとだった。

——意外にお体も小さい。それに六十半ばというお年齢《とし》よりもずっと老いておられる。

傲岸《ごうがん》な王者という印象はまったくなかった。健康もすぐれず、不調の体を引きずって政務をやっとこなしている、という感じである。この老いたる王者が、ではなぜ、依然として権力の権化、強引な独裁者と見られ、人々から恐れられているのか。その秘密も、じつは冬嗣は、出仕してまもなく見破ってしまったのだ。

老帝桓武は、高官の参入が告げられると、もたれかかっていた倚子《いし》の背から身を離して背筋をまっすぐに伸ばし、両肘《ひじ》を大きく張って身構える。ひとりでいるときよりも体が倍ぐらいに大きく見えるのはこのときだ。その姿は威厳に満ち、鋭い眼光に射すくめられると、高官たちはその顔をまともに見ることさえできない。

——ふうむ、みごとなものだな。長年の御修練のなせるわざか。

冬嗣はひそかに舌を巻いたものだ。臣下への裁決はてきぱきとして、声に力がこもり、一瞬のよどみもない。王者の顔からは、老の翳《かげ》はすっぽり拭《ぬぐ》いさられている。

が、政務が終ったとき、王者は、もとの小柄な老人に戻る。

——つまり、俺たちのような内舎人なんかは歯牙《しが》にもかけておられない。人間の中に入れてはおられないってことでもあるな。

苦笑まじりに、にやりとしたこともあった。呪われた長岡京から脱出したというのに、ひとりでいる桓武は、あきらかに思い悩み、忍びよる不安に、いつも恐れおののいているようだった。

ではなにが不安なのか。それもしだいに察しがつくようになった。

一つは洪水の恐怖である。長岡京で、度々の水害に懲りているだけに、遷都にあたっては治水工事には異常なくらい神経を遣い、京域を流れる賀茂《かも》川や埴《はに》川（現在の高野《たかの》川）などの改修、流路変更を行った。計画は入念に行われたが、しかし完璧とはいえず、賀茂川の氾濫《はんらん》が後々までも都の悩みの種となったことは周知のとおりである。

一方、都の西を流れる葛野《かどの》川にも不安があり、一万人を動員して堤防の改修を行ったのは、つい先ごろのことだ。

「どんどん人手を集めろ。ぐずぐずすることは許さんぞ」

その語勢は強く烈《はげ》しかったが、命じられた臣下があたふたと退出した後、王者の瞳の底に苛だち以上の不安の翳の漂っているのを冬嗣は見逃さなかった。

蝦夷《えぞ》出兵も膠着《こうちゃく》状態が続いている。以前のような惨敗は免れてはいるものの、現実は、敗《ま》けはしないが勝ちもしない、というありさまである。軍事費は増える一方だし、動員を命じられた諸国の疲弊は目立ちはじめている。

——この分では百年戦っても無駄だろうな。

若い冬嗣にも察しはつく。底なしの徒労を重ねていることに、老帝は絶望しているのだ。

しかし、なによりこの王者の魂を食い破っているのは、こうした具体的な現象ではなかった。目に見えぬものへの恐怖が、絶えず老帝を責めさいなんでいる。

——あの疲れて押しひしがれた表情はどうだ。

宿直の夜々、肌に感じとったのは、まんじりともせず暗闇の底にのたうつ老帝の気配だった。

老帝は怯《おび》えている。

何に？　目に見えぬ怨霊《おんりょう》に。かつて彼が死に追いやった父帝の皇后井上《いのうえ》、その子他戸《おさべ》。そして実の弟、早良《さわら》……

「それみたことか」

怨霊は勝ち誇って叫び、夜々老帝に襲いかかるのだ。

「遷都したくらいで逃げおおせるとでも思っているのか。この都ぐらい、いつでも潰《つぶ》してみせるぞ」

たしかに治水は未完成だし、官衙《かんが》の整備も遅れに遅れている。財源が不足しているのだ。それというのも、旱魃《かんばつ》や霖雨《りんう》続きで、毎年諸国から凶作の報告があいついでいるからだ。それらを人々は怨霊のしわざだという。

「そうれみろ。自分たちは日本全国の稲を枯らすことだってできるのだからな」

桓武はこの声に眼を怒らせる。そんなはずはない。不作が怨霊のしわざであってたまるものか、と。為政者としての冷静な耳は、それが税逃れのための地方各地の偽りの申告であることを聞きわけているのだ。彼の鋭い耳は、狡猾《こうかつ》な地方民や官吏のしのび笑いも聞きのがさない。

「ま、今年も不作ということにしようぜ。なあに、怨霊のお祟《たた》りだとでも言えば、帝《みかど》も文句は言えんわな」

怨霊はいつのまにか、日本じゅうを手なずけてしまった、ともいえるのだ。

「む、む、む……」

声にならない呻《うめ》きを、冬嗣は宿直の部屋で耳にしたような気もする。

——まずかったんだなあ、帝も……

いつか、安殿《あて》の発病について占わせ、それが早良親王の怨霊の祟りと報告されたとき、桓武がそれを認める形になったことが躓《つまず》きのはじまりだった。

——この帝の心の地獄を見とおしてた俺もまんざらじゃないってことか。

不敵な笑いを腹の中に抱きながら、冬嗣は老帝の声なき呻きを毎夜肌に感じていた。強腕の政治家としては、あのとき、早良の祟りなどを認めるべきではなかったのだ。あのとき、祟りなどを持ちだした陰陽師《おんみようじ》の口を塞《ふさ》いでしまったらよかったのだ。が、それもみな皇子安殿を気づかったためだ。それでいながら、息子との間に、いまあるのは、はてしない憎悪だけではないか。

祟りを認めるということは、王者が彼自身の行為の非を認め、責任を背負ったことでもある。そうなると、それを償う行為を人々は要求する。しかも罪滅ぼしに、早良の墓の周囲に隍《からほり》を掘り、周囲の汚れが墓に浸《し》みこむことを防いだが、その後でも長岡京の災害はやまなかった。桓武の信奉する中国ふうの消災の祈禱《きとう》は、なんの役にも立たなかったわけである。

かといって、絶縁してしまった南都の僧侶たちに、いまさら滅罪の読経を頼むわけにはいかない——と我を張ったが、ついに折れて桓武が僧侶に経の転読、悔過《けか》法要を命じたのは先ごろのことだ。一歩一歩、王者が敗退の道を歩んでいるのを見るのは、いたましくもある。

——祟られているのは、安殿さまじゃない。むしろ、帝なんだ。なのに兄貴はそのことに気づいていないんだなあ。

真夏がそう感じないのは、すでに安殿の瞳で桓武をみつめているからだ。安殿の心で、といったほうがいいかもしれない。

——兄貴は安殿さまの未来に命を賭けているんだな。

いや、未来に賭けて、立身を望むという段階は過ぎて、これはもう、のめりこんでしまった、というよりほかはない。

では冬嗣は？

いたましいまでに魂を傷つけ、のたうちまわっている桓武を見た内舎人時代、この悲劇の王者に、のめりこめたか、といえば、そうではなかった。

——そういうのは俺の性にはあわないんだな。

ただ、内舎人はいい経験だった、とはいえるだろう。彼はひそかに帝王を眺め、帝王学とはいかなるものかを学びとった。いま、彼が、ひそかに胸の中で、思うのは、

——王者たるものは、心を揺るがせてはならない。怯《ひる》んではいけないんだ。

ということだった。

——それができないんなら、はじめから責任などとらないようにすることだな。

ふてぶてしいその心の中を覗《のぞ》いた人が、もし、

「そんなことを考えて、内舎人をつとめていたっていうのか。それがなんの役に立つ——」

と咎《とが》めたとしたら、彼は薄い嗤《わら》いを浮かべてこう言ったろう。

「うん、しかし、そう考えたからって、別に悪いこともないじゃないか」

もっとも、現実には、まだ少判事風情の冬嗣に、そんな問を大まじめに持ちだす人は誰もいない。だから彼は、さしあたっては、ふてぶてしい嗤いとともに胸の内にその思いを封じこめているだけのことである。

桓武の敗北はその間も続いた。ついに延暦《えんりやく》十九（八〇〇）年、彼は亡き早良に崇道《すどう》天皇の名を贈り、その淡路《あわじ》の墓を、山陵として敬意を表することにした。同じように非業の死に追いやった廃后井上に皇后の称号を復活させ、墓を山陵の扱いとしている。

——まるで全面降伏じゃないか。

冬嗣はそう思わずにはいられない。井上とその子他戸を押しのけて皇太子になって以来の数十年の人生を、王者はみずからの手で否定しさったようなものだ。自分に刃向かう者は殺す——とあえて言いきって、早良を流罪にした昔日の覇気はどこにいっ

てしまったのか。

——もし、あのとき陰陽師の言った早良さまの祟りなんか歯牙にもかけないでいらしたら、こんなことにはならなかったんじゃないか。

その針の穴ほどの決定が、桓武の人生の堤を決潰《けっかい》させてしまった。いたましい、というよりほかはない。

——政治というものは、おそろしいものだな。いや、そのあたりがおもしろいところかもしれぬ。

そう思えば、内舎人として廟堂《びょうどう》の底辺を這《は》いずりまわりながら、彼は桓武という生身の教科書を眼の前で開いていたことになる。

ところが、ふしぎなことに——。

限りなく敗退を続けているかに見える桓武が、早良に天皇号を贈って以来、なぜか、多少心の落着きを取りもどしたかのように、冬嗣には見える。

——諦《あきら》めか、それとも……

さすがに二十代の半ばでは、六十過ぎの王者の心の底までは手が届きかねるのか、とも思ったが、やがてその謎が解けてきた。新しい僧侶のグループが、桓武の身辺に集まりはじめたのだ。

南都の有名僧と違って、世俗にまみれず、求道《ぐどう》ひとすじに生きてきた人々を呼び集めたのは誰の発案か、冬嗣などの知るよしもないことだったが、中国ふうの祭祀《さいし》にも信がおけず、さりとて南都仏教に全面的に寄りかかる気にもなれない桓武にとって、清新の気をみなぎらせた僧侶の講話に耳を傾けることは、この上ない心の慰めになったに違いない。

それらの僧侶の中に最澄《さいちょう》という個性豊かな僧がいること、彼の講話に、桓武がもっとも心をひかれていることなどを冬嗣はやがて知った。年は三十代の半ば、色白で大柄であるが、もの言いおだやかで、語る声も決して高くはない。仲間の中ではむしろ控えめなのだが、もの静かに語る内容はなかなか激烈である。彼は、

「これまでの南都の仏教は、仏教全体のほんの一端。はっきり申せば、仏教の本道とは申されません」

驚くべきことを、おだやかな口調で、しずしずと言うのである。それには桓武も少なからず心を動かされたようだ。

「なんとなれば……」

最澄は、さらにしずしずと言う。

「仏教の経典には、仏教の本質を説く経《きょう》と、その内容を論じる論《ろん》と、実践のしかたを説く律《りつ》がございます。南都に行われている法相《ほっそう》、三論《さんろん》両宗は、この中の論を中心にするものでありまして、ものの深奥に触れる認識論ではありますが、やはり根本は、経の追究であらねばなりません」

その経典の集大成者が、中国の天台《てんだい》大師である、と最澄は力説した。しかも、単なる学問的な体系作りをしただけでなく、天台大師は実践面も重んじた。

「なんとなれば、仏教の本質は人間の魂の救済にあるわけでございますから」

「おお、魂の救済な……」

思わず桓武は身を乗りだす。

「それには三つの道がございます。経典を研究する慧《え》、欲を自制し、行動羈絆《きはん》を守る戒《かい》、そして、内なる魂をみつめる、内省、瞑想《めいそう》——。これを定《じょう》と申します」

「そのような話なら以前にも聞いているが」

「はい、ただし天台大師は、その中の定を最も深く説かれました。俗念を洗いおとして清浄な魂となって瞑想にふけるには、まず、心が清らかでなければならぬ、それにはきびしい自己反省と懺悔《ざんげ》が必要だと」

その定のやりかたについても最澄は静かに説いた。まず心を静止させる「止《し》」と、内奥を深くみつめる「観《かん》」があって、これを「止観」という。ふつうは坐禅《ざぜん》を組んで瞑想——すなわち禅定に入るとされるが、坐《すわ》るだけが定とはかぎらない。立っての行、歩く行、行住坐臥《ぎようじゆうざが》さまざまの場合があるので、坐禅とはいわず、止観というのである……

それから彼は、天台大師の説いた『法華経《ほけきよう》』の講義を始めた。始めだしたら、人の都合などおかまいなしにひたすら説きつづけるところがあり、ときには桓武を苦笑させた。

「それにしても、そなた天台の教をどこでどうやって学んだのだ」

問われると、白い豊かな頰《ほお》に、最澄は少し恥ずかしげな微笑を浮かべた。

「かつて鑑真和上《がんじんわじよう》が海の彼方《かなた》よりもたらされましたものが、東大寺に深く蔵されておりましたので……」

近江《おうみ》の国分寺で修行し、一人前の僧侶になるための受戒の儀式にあずかるべく南都にやってきたとき、桓武によって長岡に遷都が行われ、南都仏教は見すてられようとしていた。

最澄はそのことに衝撃を受けつつも、それをばねに、新しい仏教を、と求めはじめる。生来、きまじめで学問好きの彼らしい、愚直に近い、ひたぶるさだった。以来故郷に帰って、生家に近い比叡山《ひえいざん》に籠《こも》って十二年、彼は天台大師だけをみつめて、その教に食いついていったのである。

――もしあの遷都がなかったら、この男も、くだらん有名僧になっていたかもしれんが……

桓武はまじまじと最澄の大ぶりな色白の顔をみつめる。

――つまり、俺によって前途への希望をへし折られたおかげで、天台の教に傾倒している、いまの最澄がいるってわけか。その最澄が大まじめに教を説き、この俺を救おうとしている。

桓武は最澄に興味を持った。その語るところに耳を傾けることが多くなったのは、このめぐりあいに、宿命的なものを感じたからかもしれない。

「そなたの説く天台の教が少し解ってきたぞ」

と言えば、子供のような純真さで、最澄は喜びに顔を輝かせ、まずなによりも定の体験を、とすすめるのだった。

「その前に、御心《みこころ》を清めてくださいますよう。お気がかりや悔いの残ることを、お払いおとしになって」

「悔いの残ることを払いおとせというのか。俺の心の中はそんな思いがいっぱいだ。みんな払いおとしたら、たぶん心の中はからっぽさ」

「えっ、なんと仰せられます」

冗談ともつかぬ桓武のあしらいを、まともに受けとめようとする。多少の滑稽《こっけい》さはあるにしても、桓武は彼とともにいるときに、心の安らぎを感じはじめる。そして、厄払いや鎮魂ならぬ、真の懺悔があることに理解を持つようになる。懺悔とは、誰かに供養させたりすることではなく、自分の心の痛みをさらけだし、ひたすらな悔いをみずからに課することだと思いいたる。それが、早良への天皇号の追贈であり、義母井上への称号復活だったのである。

が、実現までには、かなりのためらいがあった。数十年間思いわずらってきたことについて、

「悪かった。許してくれ」

と、はっきり言ってしまえば、たしかに心は軽くなるだろう。しかし、そうすることは、自分が、史上最悪の帝王だった、と天下に公表するようなものだ。その悪帝は罪の報いをうけて、新都建設に失敗し、蝦夷進出もままならなかった、と後世の史家は書くかもしれない。それでいいのか。いや、それでは自分の政治的意図は伝わらな

い。あの腐敗しきった奈良の政治を断ちきるには、それ以外の道があったか。少なくとも政治とは泥をかぶることだ——と言えば、このかぎりなく純粋な僧は、きょとんとして桓武をみつめる。

「帝、いちばん大切なのは御心でございますぞ。それをすっかり浄《きよ》らかにしてこそ、定の世界に入れます。懺悔は勇気のいることでございますが、それで御命がよみがえります。だいたい清浄な御心の方が政治をなさいませんと、国家は決してよくなりません」

「解った、解った、そのとおりだ」

かぎりなく純粋なこの僧侶は、かぎりなき理想主義者であって、大まじめに理想的な政治哲学を説く。そのかぎりなき善意に辟易《へきえき》しつつも、桓武は、ひたすら自分に献身しようとしているこの男の善意に心をぬくめられてゆく。

——俺はこういう人間に、これまで出会ったことはなかったな。

帝としての自分への忠実な奉仕者はいるが、この男は自分を苦悩する一個人としてみつめ、素手でその苦悩を取りのぞこうとしている。

桓武が早良と井上の復権を認めたのはこのためであった。

——帝はいい助言者を得られた。

と、冬嗣は思う。最澄はまじめすぎて、ときには滑稽でもあるが、その純粋さは貴重なものだ。しかし、現実の政治の世界は、純粋さだけでは乗りきれないこともまた事実である。

げんに早良と井上の復権は、早くも政界に小波《さざなみ》を立てはじめている。奈良朝以来の歴史の編纂《へんさん》を行わせていた桓武は、すでに種継《たねつぐ》暗殺、早良の謀叛《むほん》発覚というあたりも史書の中に書きとめさせていたのだが、早良と井上の復権に従って、この部分を削除させてしまった。

「へえ、歴史書を作っておきながら、勝手に書きかえておしまいになるのかい」

「だいたい、御自分の治世の歴史までまとめるというのが無理なんだ。あまりひどいことをなさっているので、後世の人に書かれたくなかったんだろうが、それも、記事訂正に追いこまれるなんて、ぶざまな話さ」

こんな蔭口《かげぐち》が囁《ささや》かれている間はまだよかった。早良が正当化されたために、殺された種継の評価は相対的に軽くなり、その功績の評価が薄められた。

これに不満を抱いたのが、種継の息子の仲成《なかなり》と、その妹で安殿との仲を引きさかれてしまった薬子《くすこ》である。桓武の叱責《しっせき》を恐れて、表面上、安殿との交渉は途絶えたことになっているが、ひそかに安殿は薬子を訪れたりして密会は続いているというのが、

水面下の噂《うわさ》でもあった。そんな折、

「帝は私の父のことをお見すてなんです。ほんとに冷酷な方。あれだけ帝のために働いた父ですのに」

涙を浮かべて、薬子は安殿にこう訴えているという。

――だから、政治というものはひと筋縄ではゆかんのよ。

冬嗣は、そう思わざるを得ない。個人の魂は救われたかもしれないが、政治家としての王者に平穏はまだ訪れてはいないのだ。

――孤独なものだな、帝王というものは。

廟堂の高官たちは、微妙な勢力争いに明けくれていて、桓武の機嫌をとることはあっても、親身の相談相手というにはほど遠い。いやそれどころか、桓武はときとして、廟堂の全員相手に渡りあわなければならないのだ。桓武の腹心といわれている藤原緒《お》嗣《つぐ》も、二十代半ばの若さでは、さすがに閣議に連なる資格はない。

内舎人を経験した彼としては、帝王の側近には、使い走りのほかに、もう少し、力があって気のきく侍臣がいればいいのに、と思わざるを得ない。

つまり桓武と心が通じて、手足として走れる身軽な存在があれば、ずいぶん王者は仕事もしやすいし、心を労することも少なくなるだろう。

——なんなら俺がやってもいい。なまじ役人として出世するより、おもしろいかもしれない。

が、残念なことに、令のきまりでは、そうした存在がない。

——律令というものは、窮屈なもんだな。

とはいうものの、さしあたっては、その窮屈な律令の枠組の中で、一歩一歩階段を上るよりほかない冬嗣であった。

「安世、遠駈《とおがけ》はいいかげんにして、少しは書物を読め」

異父弟の安世に、冬嗣がしばしばそう言うようになったのは、そのころからだ。子供のときから動物好きで、庭で仔犬《こいぬ》と転がりあっていた安世の目下の関心は、馬だけに集中している。

「鼻筋を撫《な》でてやれば、なにを考えてるかすぐ解るんです。たとえば、今日は遠駈は気がすすまない、とか、雨が降るからよそうよ、とか。あいつらの勘は当りますね。蒼空《あおぞら》がひろがってるのにそう言うので、かまわずに引きだしたら、途中でひどいどしゃぶりになっちまって」

そんなときの安世の息ははずみ、眼はきらきらと輝く。

「へえ、そなた、馬の言葉が解るのか」

からかい半分に言う冬嗣に、彼は大まじめに答える。

「そりゃ解りますよ。馬は敏感ですからね、泣いたり笑ったりするんですよ」

「それじゃ、いっそのこと、そなたも馬に生れりゃよかったな」

少したちの悪いからかいかたをしても、

「ほんと、ときにはそう思いますね。あいつと肩を並べて野原を走りまわったら、きっと楽しいだろうって」

「呆《あき》れるな、まったく」

これでは話にならない。

「しかし人間に生れてしまったんだからな、そなたは。秣桶《まぐさおけ》にいっしょに鼻を突込むわけにはいくまい。そろそろ学問に鼻を突込め」

言われても、安世は、

「はあ」

気のない返事をするだけで、いっこうに机に向かう気配はない。十六歳の少年は学問はどうも苦手らしいのだ。

童形のままのこの屈託なげな異父弟に、冬嗣がしきりに学問をすすめはじめたのは、わけがあった。彼らの母、永継がこのところ健康を損ねているのだ。宮中への出仕をやめて家にこもりきりの母は、相変らず美しいが、肌はいよいよ透きとおるように白くなり、目立って頬がこけはじめている。

——万一のことを考えねば。

冬嗣はひそかにそう考えているのだ。

——あまりお弱りにならないうちに、安世の元服姿を見せてさしあげたい。

母が出仕しなくなったいま、安世の実父である桓武との距離は、ひどく遠いものになってしまった。刑部省に入った冬嗣も桓武に近づくすべはない。こうなった以上、王者の気まぐれで、ふと安世という存在を思いだす折でも待つよりほかはないのだが、いくらか悩みは薄らいだものの、身辺をかえりみる精神的な余裕は期待できない桓武のこのごろである。

それでも、なにか風向きが変って、安世を思いだしたら？　そうなったとしても、安世が召しだされ、桓武の手で加冠されるという晴れがましさは万が一にもあり得ないのだが、しかし内密な形で私的な使が訪れて、なんらかの意向が伝えられるかもしれない。

——そのとき、立居振舞が優雅で、学才の一端なりと披露できれば、思召《おぼしめ》しも変ろうというものだ。

そう思って、ときには無理やり机の前に坐らせることもあるのだが、遠駈の疲れが出るのか、すぐとろんとした眼つきになってしまう。

そのうち、母の病はしだいに重くなった。

——もう帝の御意向を待つわけにはいかないな。

一方、内舎人として桓武の日常をかいま見た後では、安世への無関心も一概に責める気にはなれない。桓武は老い、そしてひどく疲れているのだ。それに、いわば不義の子である安世の存在を、ことさら認めて公《おおやけ》の場に押しだしたら、たぶん、安殿や薬子は黙っていないだろう。早良の記事の削除問題で、あからさまに不満を並べはじめている彼らが、どんな動きを見せることか。元服は安世の私事の範囲を逸脱して、政治問題になりかねない。

冬嗣は真夏と相談して、安世のために、ごく内輪の、ささやかな元服の式を行うことにした。とはいっても、成人のしるしである冠を当人にかぶせるのは、一族の長者の役、ということになっているから、父の内麻呂《うちまろ》に思いきって、頼んでみた。

——妻と自分以外の男との間に生れた息子のために、加冠の役をつとめるなんて、妙な話だなあ……。いや、俺だったらできない、奇妙な役廻りよ。

が、内麻呂もさすがに政界人である。なにも言わずに、黙って引きうけたのは、桓武の微妙な立場を察したものと思われる。

元服の式は、ごく簡略にすまされたが、童形を改めて、しきたりどおりの幞頭《ぼくとう》をかぶせられると、安世は一気に大人びた表情になった。立居振舞も優雅で、皇子と呼びたいような気品を眉宇《びう》に漂わせている。今まで本人自身も気づかないでいた王者の血が、にわかに体内に息づきはじめたかのようである。

すでに病床に横たわり、起きることもできなくなっていた母の永継は、細くなった手をさしのべて、かすかな笑みを眼許ににじませた。

「りっぱですこと。よく似て……」

語尾は消えてしまっている。冬嗣は、母の視力が、かなり前から衰えていることを知っている。どこまで母は異父弟《おとうと》の姿を捉《とら》え得たのか。そして、誰に似ている、と言いたかったのか。

——帝に似ていないことはたしかなんだがなあ。

母は幻を見ていたのかもしれない。そして、安世の元服を含めて、これはまったく桓武の知るところではなかった。

そして、この日を機に、ふしぎな変化が起った。安世が急に学問に精を出しはじめたのだ。内裏から帰る冬嗣を待ちかねたように、顔を見るなり、彼を自分の局《つぼね》に連れてゆく。

「兄君、お教え願います。読んでみますからね。まちがっているかどうか、御指摘を」

孝経《こうきょう》、論語《ろんご》、中庸《ちゅうよう》、詩経《しきょう》、春秋《しゅんじゅう》——

「ほう、そなた、いつのまに力をつけたんだ」

冬嗣が呆れて顔をみつめなおすほどの進境をしめす安世であった。こんな才能がどこに潜んでいたのか。元服を機に、王者の血が体内に息づきはじめたと同様に、眠っていた才能が、にわかに目覚めたのか。本を読みさして、安世が、ふと言ったことがある。

「兄君、いつか私を、いっそ馬に生れりゃよかった、なんておからかいになったでしょ」

「そんなことあったかなあ」

「ありましたとも、私はといえば、そうだったら、どんなに楽しいか、なんて申しあげたものです」

「そうだったかもしれないな」

「じつをいうとね、あのとき、学問をしろとおっしゃっておられたので閉口してたんです。馬に生れりゃ学問もしないですむ、なんて半ば本気で思ってました。でも、いまは違います。兄君、馬だったら本は読めませんものね」

冬嗣は思わず噴きだしかけた。

「本が読めるのは人間だけです。いや、そういうふうに学問が解るように生れついたってことが、すばらしいんです。人間、こういうことが解らなくっちゃ嘘《うそ》です」

「ほう、こりゃまた、たいへん乗り気になったもんだな」

からかい口調で答えながら、異父弟のこのあざやかな変身ぶりに冬嗣は眼をみはるばかりである。そういえば、安殿や賀美能《かみの》も大伴《おおとも》も学問は好きだ。その同じ才能が安世にも与えられたのだろうか。もっとも賀美能も大伴も、元服した安世を知るよしもないのであるが……。いずれ親王としてしかるべき地位を与えられれば、彼らを凌《しの》ぐ実力を発揮するかもしれない――と冬嗣は思うようにすらなっていた。

まもなく母の永継はひっそりと世を去った。そして延暦二十一（八〇二）年十二月、安世の許に桓武の使が現われた。

「安世に良峯《よしみね》の姓を賜う」

安世は臣籍に入れられたのだ。賀美能、大伴と並んで親王に列せられるかもしれないという夢はあっけなく砕かれた。臣下である彼に与えられる位階は六位。当時はふだん出仕する折の朝服《ちょうふく》の色さえも位階によって違っている。一、二、三位は紫、四、五位は緋《あけ》、六位は緑のそれぞれ濃淡というふうに区別されていたから、安世は当然真夏や冬嗣と同じ緑の衣服をまとうことになる。一方の賀美能は三品《ぼん》（臣下の三位《さんみ》に相当）、大伴は四品だが、親王には特権があって袍《ほう》の色は臣下の一位にのみ許される深紫《こきむらさき》――。外見だけは臣籍の人をぐっと引き離している。そして安世が深紫をまとう日は永遠に来ないのである。

賀美能、大伴らに混って、緑の袍をまとった安世が宮門をくぐったとしたら、人々は好奇の瞳を向けることであろう。

「同じ帝の御子でもあのお方は六位か」

と。安世はやはり桓武に見すてられたのだ。

――兄貴の言うとおりだった。こればかりは兄貴の勝だ。

憮然《ぶぜん》たる思いを抱いて、冬嗣は年を越した。暦の上では春が来たが、まだ空気は冷たい。七日を過ぎたころ、例によって安世は遠駈に出かけていた。

――憂さばらしには、これしかあるまいよ。

帰りを待ちかねるような、そのくせ異父弟とまともに顔をあわせるにしのびないような思いに冬嗣の心は揺れる。

それでもじっとしてはおられずに門に立つと、鈍色《にびいろ》の雲が低く垂れていた。それでいてふしぎな明るさが空ににじんでいるのはなぜなのか。しかもその明るさが、ひどく冷たい。

気づくと光の粒が空に舞っている。

雪だった。どこからか射しこむふしぎな光が、降りしきる雪をきらめかせているのだ。

その光の粒をあびるようにして、馬を走らせてきた安世は、ひらりと馬の背から飛び降りると言った。

「こいつが、雪が降るから帰ろうよ、って言うんです。案の定、降ってきました」

栗毛の頭を叩く声にはまったく屈託がなかった。

「そうだったのか。うん、雪が降ってるな」

例になく歯切れの悪い答えかたをすると、無邪気とも思える微笑を安世は浮かべた。

「兄君、お気づかいは御無用です」

「え？」

「良峯っていうのはいい姓です。母君がお若いころ住まわれたのは、長岡の近くの良峯のほとりだそうですね」

「あ、うむ」

「帝は決して母君をお忘れになったわけじゃないんですよ」

むしろ父の桓武をかばうような響きさえこもっていた。

「兄君」

「なんだ」

「私はもともと、親王になろうなんて考えてもいなかったんです」

「…………」

「だっておかしいじゃありませんか。親王ともなれば、当然、四品の位は与えられます。兄君も真夏兄君も、まだ六位でいらっしゃるのに」

「…………」

「兄君たちが緑の袍をお召しになる。義父君《ちちぎみ》だって、まだ四位の深緋《こきあけ》だ。なのに私が深紫だなんて、そりゃおかしいですよ」

厳粛なものを、ひょいと喜劇におきかえてしまうような、ふしぎな明るさが、安世の言葉にからみながら散ってゆく。

光る雪はまだ降りやまない。細かい光の粒をあびながら、微笑を湛《たた》えて立つ安世を、冬嗣は言葉もなくみつめつづけている。

五条の女《ひと》

——学問好きになったのはいいが、あいつにも閉口させられるよ。

ひところ、冬嗣《ふゆつぐ》は異父弟良峯安世《よしみねのやすよ》の好学心に、かなり辟易《へきえき》させられたものだ。外から帰ってくる冬嗣の姿を見つけるやいなや、冊子を片手に飛んできて、安世は、

「あ、兄君、お待ちしていました。『毛詩《もうし》』のこのところはですね」

などと質問攻めにするのだ。もちろん専門の学者を招いて講義を受けさせているのだが、みっちり読みこんだ上で、彼が冬嗣に語りたいのは、基本的解釈を超えた、行間に漂う詩的世界とか、中国的な思惟《しい》の根源についてであった。なかなか独自の発想があって、

——ほう、こいつ、詩魂を胸に蔵している。

感心もさせられるのだが、それも時によりけりだ、と苦笑する折もないではない。

とりわけ、

「昨晩も、一昨晩も、お帰りになりませんでしたね。お待ちしていたんですが」

などと大まじめで言われては返事に困る。

――解っておらんな、そなた。男はな、二十歳《はたち》過ぎたら、わが家にごろごろしているもんじゃないんだぞ。

と言いたいところを、ふん、とあいまいな答えかたをしておくが、内心では、

――二十五を過ぎたこの俺が、いまごろまでもたもたしていたのが、そもそも不器用な話なんだが。

と苦笑を嚙《か》み殺したりもする。そこへゆくと兄の真夏《まなつ》は器用なもので、東宮への出仕の傍ら、大分前から、あちこちの女の許《もと》を渡り歩いて、めったに家には寄りつかない。冬嗣とて、宮中に出仕してからは、宮仕えする女人《にょにん》たちと懇《ねんご》ろになったり、市で出会った女の袖《そで》をひいたりはしているのだが、どういうわけか長続きしない。

このころの若い男と女のかかわりは、かなり自由で、複数の相手とつかず離れずの交渉を重ねるうちに、しぜんその中の一人と結びつきが深まって、世間からも夫婦と見られるようになる。こうなってから女の家に男が住みつくことも多いが、冬嗣たちの父内麻呂と母の永継《ようきよう》のように、最後まで住居《すまい》を共にしない場合もある。それでも亡き永継は、たしかに内麻呂の妻だったのだから、冬嗣もいますぐ、はっきりとした「妻」

を求める気はない。女たちの誰彼との間が続かないのは、しばらく、つきあっているうち、

——なんだ、お互い性欲を満たしあっているだけじゃないか。

索然たる思いが胸を埋《うず》めてくるからだ。

——お互いが裸を見せあう。それが信頼とは言えんわな。

妙に心が醒《さ》めてしまう。そうなってから、冬嗣は、父桓武《かんむ》によって仲を割《さ》かれた皇太子安殿《あて》と前《さき》の東宮宣旨《とうぐうのせんじ》藤原薬子《くすこ》の情事が、いままでと違った眼で眺められるようになった。

——恋だ、恋だ、と安殿さまはわめきたてられる、という評判だが、こりゃもしかすると、安殿さまにとっては真剣な恋かもしれんな。宣旨のほうじゃ、年若い皇子に体を突きつけて、それにのめりこませりゃ自分の勝、ぐらいなところだったかも解らんが。

宮廷に出入りする女には、そういうのが多いことを、冬嗣は気づきはじめている。

——ところが、おあいにくさまなことに、俺はそこまでのめりこめない。安殿さまのように、恋に向くようにはできてないのかな。しかし、皇太子の身で、恋が解るというのも不幸かもしれん。とりわけ相手が、きさきにできないような女だった場合に

は。

父帝桓武は、数多くの女性を近づけてはいたが、その誰とも恋の、何のというところまで踏みこんではいない、というより相手を踏みこませない。

——あの方も、恋には向かないお方だ。そのことで、王者の座を保ってこられた。そのかわり、身に背負いきれないほどの苦悩にさいなまれるとき、あの方を抱きしめ、慰めてくれる女人は、ひとりもいない。

王者の愛と孤独——。そのいずれを選ぶべきか。

珍しくそんなことを考えるようになったのは、まもなく冬嗣の身に訪れてくる、なにかの先触れだったのかもしれない。

そして、やがて、恋にほとんど不感症だった彼は、にわかにそわそわしはじめる。

——今度は本気だ。俺は恋をしている……

身辺にまつわりつく安世に、少し閉口しはじめたのは、そんなときだった。

その女性《ひと》の名は美都子《みつこ》。同じ藤原の流れを汲《く》む一族である。家も五条のあたりでさほど遠くはない。その存在を知らせてくれたのは、冬嗣の家に長年仕える老女の加曾《かぞ》

女《め》、美都子の乳母《めのと》と古くからの知りあいとかで、

「歌をおつかわしなさいませ。そりゃお美しい姫君でございますよ」

と、しきりにそそのかした。加曾女はその乳母の手引で、こっそりと美都子を見ている。つややかな長い髪の持主で、どちらかといえば瘠《や》せ型、眼許《めもと》やさしく、立居振舞はあくまで優雅だという。

「誰でも、はじめはいいことばかり並べたてるものさ」

と取りあわなかったが、加曾女はそんなことでは引きさがらなかった。母を失っている冬嗣のために、よき相手を見つけるのは自分しかない、と思いこんでいる様子である。

「こちらのお父さまのように、一族が御出世なさっておられるわけじゃございませんが、お家柄は悪くございませんよ」

美都子の祖父は藤原巨勢麻呂《こせまろ》、冬嗣たち北家《ほっけ》とは別系の南家《なんけ》で、奈良時代の後期、肩で風を切って歩いていた仲麻呂《なかまろ》の異母弟だ。仲麻呂が孝謙《こうけん》女帝の信頼を得て、奈良朝はじまって以来の権力者にのしあがったとき、巨勢麻呂も参議という閣僚クラスに列するまでになっていたのだが、そのかわり、仲麻呂が女帝と対立し、武力衝突をひきおこして、敗死したとき、巨勢麻呂も行をともにして斬殺《ざんさつ》されてしまったのだ。

以来巨勢麻呂の家は運から見はなされている。南家の中には、うまく立ちなおって右大臣にまで進んだ是公《これぎみ》のような家筋もあるのだが、巨勢麻呂の子、真作《まつくり》がたいした出世もしないうちに世を去ったのが没落を早めた。美都子には五つ六つ年下の三守《みもり》という弟がいるが、祖父の栄華などはすっぱり忘れさった顔をして、なみの官僚の子弟に混って、大学で学問を続けているという。

「世が世ならば、おきさきさまだったかもしれませんよ、あの姫君は」

という加曾女を、

「よせよ、買いかぶりだな、それは」

冬嗣は何度か、からかったものだ。父の内麻呂はすでに参議から中納言に昇進している。冬嗣自身はまだ微官だが、顕官《けんかん》の子弟というので身をすりよせたがっているのなら願いさげだという醒めた思いがあった。

が、後になって、そのことを、

——いささか思いあがりだったか

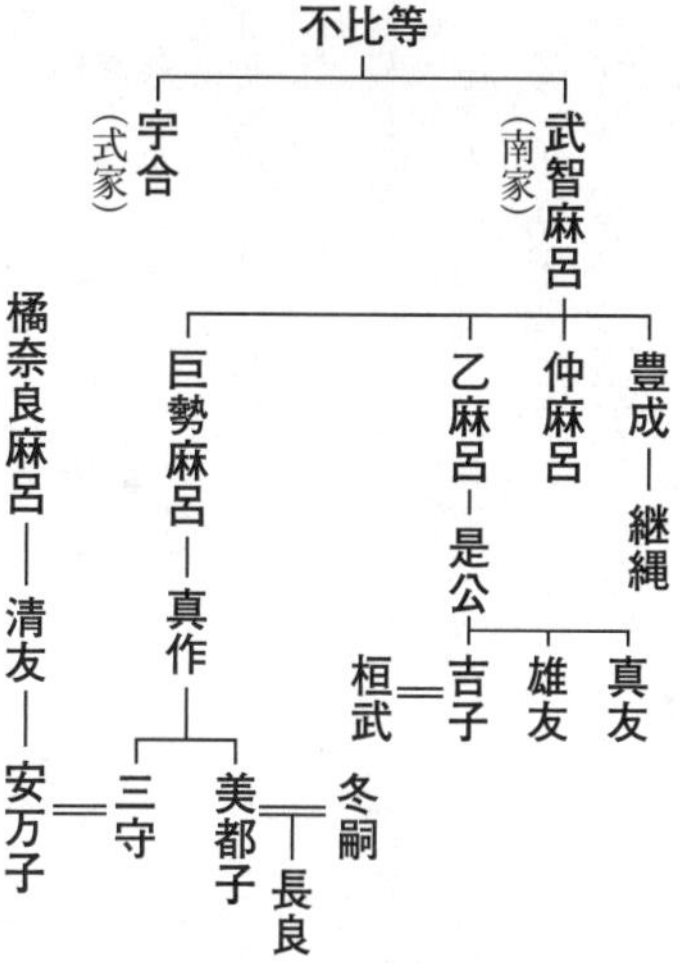

まだしな、俺も。

首を縮める冬嗣である。

美都子に会ったそのときから、そんな思いは、たちまち消えてしまった。ころりと了見を変えたのは照れくさいが、いきさつを兄に打ちあけていなかったのは、まだしもだった。

——兄貴が知ったら、なんだ、だらしないやつだ、なんて言うに違いない。

そのだらしなさに自分自身が悦《えつ》に入っている。

——だらしなさが、つまり恋なんだ。

官僚社会での駆引の術は早くも身につけはじめている冬嗣なのに、このあたりのことについては、ひどく単純なところがあった。

乳母の手引で訪れた美都子の五条の家は、彼の邸《やしき》に比べるとひどくささやかで、人少なだった。もっとも、冬嗣の訪れは知らされていて、家中がわざと見ないふり、聞えないふりで、息をひそめていたことにもよるのだが。このころの妻問《つまど》いはすでに形式化していて、冬嗣クラスの子弟の場合、命がけの恋の冒険どころか、暗黙の了解のもとに「冒険」を装うのである。

美都子もだから、心して待っていたはずだ。応対も優雅で、澄んだ声をしていた。が、最初はつつしみ深く姿を見せず、加曾女の言ったつややかな長い髪や、やさしい眼許をたしかめたのは、しばらくしてからだった。そして冬嗣はといえば、

――うん、加曾女の言ったとおりだ。いや、それ以上かもしれん。

いいかげんのぼせあがっていたのである。いよいよ、美都子の褥《しとね》にすべりこんだ夜も、強《し》いて抗《あらが》うというのではなかったが、恥らいを桜色の肌ににじませて眼をつぶっていた。冬嗣も性欲を満たした、という思いからはほど遠い。むしろ相手へのいたわりが先立ち、

――そうか、恋なのだな。これが……

少し単純すぎる納得のしかたをした。

それが何か月か続いたろうか。ある夜を境に、冬嗣の足は、ぱったり、美都子の家に向かわなくなる。まつわりつく安世へのあしらいもやさしく、質問に丁寧に答えてやるようになったのはこのころからだ。

たしかに、安世は冬嗣を唸《うな》らせるような質問をすることがある。

「そなた、いつのまにかすっかり学問が身についたな。こっちも勉強しなおさなくては間にあいそうもないようなことを聞くじゃないか」

「そう言っていただくのは恐縮です」

軽く頭を下げて、冊子を片づけながら、ある日、ひょいと安世は言った。

「お出かけにならないんですか、今宵《こよい》も」

うっ、と言葉を喉《のど》につかえさせて、冬嗣は眼のやりばに困ってしまう。

――なんだ、知ってたのか。

元服をすませたら一人前だということを、つい忘れていた。十歳も年齢《とし》が違う弟というものは、いつまでも子供だと思ってしまうのだ。その弟が気づかわしげに冬嗣の眼を覗《のぞ》きこんでいる。

「あちらはお待ちかもしれませんのに」

――なにを言うか、こいつ。まだ解っておらんのよ。

安世という存在が、いやにわずらわしく思えてくるのはこんなときだ。


――なぜ出かけない？　そんなこと聞くやつがあるか。そのわけなんか、話せるものか。

安世がいなくなっても冬嗣の苛《いら》だちは消える気配はない。ありていに言えば、彼は裏切られたのだ。ひどく単純に、

――恋をしてるぞ、俺は。なんて美しい女《ひと》にめぐりあったんだ。

有頂天になっていた冬嗣は、あるとき、内裏からの帰り、前触れなしに、五条の家を訪れることを思いついた。不意に顔を見せればどんなに喜ぶか、用意もしていないだけ、ありのままの素顔が見られるかもしれない。そう思うだけで心が弾んだ。

ところが――

そっと近づいた美都子の部屋から薄明りが洩《も》れ、思いがけない男の声が聞えてきたのだ。

言葉の意味までは聞きとれなかったが、あたりを憚《はばか》らない、無遠慮な喋《しゃべ》りかただった。応じる美都子の声は伝わってこないけれども、時折、気取りのない笑声だけは伝わってくる。

――俺といるときは、あんなふうに笑いはしなかった。

冬嗣はその場に足を凍りつかせた。よほど気を許しあっている間柄なのだろう。体も心も知りつくしている二人の、羞恥心《しゅうちしん》をかなぐりすてた猥雑《わいざつ》な光景が、いやでも目に浮かんでしまう。

男の声は低く太かった。

――俺と同じくらいか、それとも年上か。

美都子は父を失い、母も世を去っていると聞いている。そういう家には群がってくる男が多いのだ。

——加層女のやつ、それを、世間知らずの姫君だなんて言いやがって。

こんなときは、自分の単純さ、軽率さを反省する余裕はない。怒りは、専ら美都子の乳母の口車に乗せられた加層女に向けられる。足音を忍ばせて美都子の家を出て邸に戻って以来、三月《み》近く、彼の不機嫌は続いているのだった。気散じに、かかわりのある女の許へ行く気にもなれないのは、それよりもっと深いところで、

——女なんて、みんなこうしたものさ。

不信の思いを拭《ぬぐ》いさることができなかったからだ。

冬嗣の不機嫌に、まず気づいたのは加層女であった。

「どうか遊ばしましたか。美都子さまのところへはお出かけになりませんね」

問われても冬嗣は返事もしない。あらいざらいをぶちまけたい思いを辛うじてこらえたのは、彼自身の自尊心のためである。お前のおかげで、とんだ恥をかいた、とわめいても取りかえしのつくものではない。むしろ、なにも言わずに気を揉《も》ませてやったほうがいいのである。はたせるかな加層女は不安げにおろおろしはじめ、美都子の乳母としきりに連絡を取りあっている様子である。しまいには、半泣きになって、

「お願いですから、美都子さまのところへ行っておあげなさいませ」

とすがりつく。美都子は、落胆し、昼も臥《ふせ》りがちなのだという。

「なにかお気に障ったことでも申しあげてしまったのかしら、と嘆いておいでだそうでございますよ」

——ふん、なんとしらじらしい。

金輪際行ってやるものか、と加曾女のほうを振りむきもしなかったが、そのうち、あの夜、前触れもなしに訪れたことを、美都子の家では誰も知らないことに思いあたった。

——だから、ぬけぬけと、しらをきっているんだ。俺が心変りしたとでも思っているのかもしれない。

それでも黙りつづけて、美都子との仲を打ちきってしまうのも男の意地を通すやりかただが、それでは向うが自分の非に気づかないままで事は終ってしまう。

——そうはさせるものか。

「じゃあ、行ってやる」

加曾女に向かって無愛想にそう言ったのは、魂胆があってのことである。とも知らず、加曾女は、すぐさま使を美都子の家に走らせたようだ。

「まあ、おいでくださるの？　と、姫様は、お泣きになったそうでございますよ。嬉しすぎて涙がこぼれておしまいになったのですって」

いそいそと言う加曾女にうなずきながら、

——娼妓《わざおぎ》以上に達者じゃないか。

ますます舌打ちしたくなる冬嗣だった。そんな女の手練手管にうまうまひっかかった自分が腹立たしい。

——これじゃ、薬子どのに惚《ほ》れこんじまった安殿さまを笑えんよ、なあ。

が、今度こそ、その面の皮をひんむいてやる。嬉し泣きどころか、恥をかかせ、泣き悶《もだ》えさせてやる。

約束したのは三日後の夜。その日が近づくにつれて、頰《ほお》のあたりが強《こわ》ばってくる感じである。その気配を察してか、安世は寄りつきもしない。

——ふん、妙に勘のいいやつだな。

冬嗣には、それも気に入らない。

そのうち、ついにその夜がやってきた。あくまでも身づくろいは優雅に、襪《しとうず》ひとつにも気を配ったが、その間にも体じゅうが熱くなったり冷たくなったりするのを止めようがない。

――まるで、敵地に乗りこむみたいじゃないか、落ちつけ、落ちつけ。

もう一人の自分がひやかすのが聞える。

――しかたあるまい。敵地に乗りこむんだから。

片方の自分が吐きだすように言う。

全身を強ばらせて美都子の家に着いてみると、ことさらに前栽《せんざい》のあたりも掃ききよめられ、古びた家ながらしつらえも清々《すがすが》しく、ほのかな香が室内に漂っていた。乳母が指図したのだろう、冬嗣を出迎える気づかいが部屋の隅々にまで感じられた。

――が、そんなことで騙《だま》される俺じゃないぞ。

わざと足音荒く部屋に踏みこむ。几帳《きちょう》の蔭《かげ》にかくれるようにして、美都子は、衣《きぬ》に埋《うず》もれていた。冬嗣の足音は聞いているのに、袖を顔に押しあてている。その側に、むずと冬嗣は坐《すわ》りこんだ。

「もう来てはくださらないのか、と思いました」

袖で顔をかくしたまま、美都子がとぎれとぎれに言ったのは、それからしばらくしてからだった。

「そうです、私も、もう来ないつもりでした」

冬嗣の突きはなした言いかたに怯《おび》えたように、ま、とかすかに身を慄《ふる》わせて、美都子は袖をずらして、黒い瞳を覗かせた。

「どうしてでございますの？」

その黒い瞳が、おずおずと冬嗣をみつめる。

「どうして？　それを私から言わせたいんですか」

「………………」

「お聞きになることはないではありませんか。御自分の胸に聞いてごらんなさい」

「だって、私はなにも」

――心あたりはない、というのか。このあどけない眼差《まなざし》で、ぬけぬけと……

美都子は坐りなおして、両手をつかえた。

「お許しくださいませ。いたらぬことがあって、あなたさまを御不快にしてしまったのかもしれません。おいでくださったときのこといろいろ思いかえしてみるのでございますけれど、どうも解りませんの。私が申しあげたことの、どれがお気に召さなかったのか」

「そんなことを言っているのではありませんよ」

冬嗣は冷然と言う。

「え？」

「お会いしたときの言葉尻《ことばじり》を捉《とら》えて、どうのこうのと言う私ではありません」

「それでは……」

――まだ、しらをきるのか。女狐《めぎつね》のふてぶてしさよ。

「まだ思いあたらないというのなら結構です。それ以上聞きますまい。私も、もう二度とこちらに来る気はないんですから」

「まあ……」

美都子の顔色が変った。

「では、冬嗣さまは、別れを告げにおいでになったのでございますか」

「そうです。わざわざ来るにも及ばないことでしたがね。でも、私はひと言、あなたの口から聞きたい言葉があった。それを聞くために今晩来たのです。が、その言葉、出そうもありませんね」

「それは？……」

「嘘《うそ》をついてすまなかった、私には、ほかにも男がいたんです、って」

まあ、なんということを……、と小さな呟《つぶや》きが洩れるのを、冬嗣はあえて無視した。

「いや男がいたっていい。あなたは、まだ私の妻と決まったわけじゃないんだから。でも隠したってだめだ。俺はあんたのところにいる男を見てしまったんだから」

言葉がしだいにぞんざいになっていく。

「しかも、あの狎《な》れ狎《な》れしさはなんだ。笑い声だって違っていた。それが俺の前ではしおらしげに振舞う。そのいつわりが許せないんだ」

美都子はうなだれたまま無言だ。

――そうだろうとも。一言の申しひらきもできはしまいよ。

三か月の胸のつかえはたしかに下りた。が、予想したような清々しい思いが得られないことに冬嗣は気づきつつある。一言一言が胸に空洞を穿《うが》ち、そこを索漠たる風が吹きぬけていく。

――なんだ、こんなことのためにここまで来たのか。

やりきれない自己嫌悪に陥りかけたとき、うなだれていた美都子が、黒くしっとりとした髪をかきあげて、冬嗣をじっとみつめた。

「あの……。それはいつのことでございますの。私のところに男がおりましたのは?」

「聞かなくても解るだろう」

「でも……。心あたりがございませんもの」

「しらをきるな。俺はちゃんと見ているんだ。ふと思いついて、約束なしに訪ねてきたら、男を迎えたあんたは笑いころげていた。気を許していたんだろう。その夜、俺が来ると思わずにな」

「…………」

美都子は、まだじっと冬嗣をみつめている。しかし、その眼は冬嗣を見てはいず、ひどく真剣に、なにかを探しだそうとしているかのようである。

そのうちに、美都子の表情に、微風が渡るような変化が起きた。じわじわと眼が輝きを増し、今度は、ぴたりと視線を冬嗣に向けた。さらに大きく見開かれたと思うと、頬にぱっと紅色がさした。思いがけない変化に冬嗣が虚をつかれた瞬間、

「解りました」

美都子は言ったのである。

「あのとき参っておりましたのは弟です」

――な、なんだと。

冬嗣は危うく態勢を立てなおす。

「嘘をつけ。ごまかすな。弟はいくつだ」

「十七でございます」

じゃ、安世と同じ年じゃないか、と冬嗣は思った。

「そんな若い男ではなかった。中年の野太い声をしていた」

美都子はもう、おかしそうに微笑している。

「弟の声は太いので大人びて聞えるんです」

「む、む、む」

冬嗣の旗色は、にわかに悪くなった。まだ心のどこかに、納得しない思いが澱《よど》んでいるが、いままでの憤怒《ふんぬ》が、だらしなく萎《な》えしぼみつつあることはたしかである。

ぽっかり開いた胸の空洞に投げこまれる言葉は、短慮、軽率、単純、無分別——。空洞の中で言葉はぶつかりあい、すべて相手の責任だと罵《ののし》りあう。

——まったく、俺としたことが……

そして、傷つけあって呻《うめ》いている言葉の間を、やさしく埋めていってくれるのは、美都子のおだやかな微笑だった。

「すまなかったな」

気がついたら、しぜんとその言葉が口から出ていた。

「あら、そんな……。おかしな方」

美都子は微笑を続けながら、褥の脇《わき》の灯を吹き消した。

もっとも、後になってみれば、それはひとときの心の平安だったのだが、それとも知らず、冬嗣は美都子の乳房をまさぐろうとしていた。

寝物語はしぜんと美都子の弟の三守《みもり》のことになった。

「なかなかよく勉強するという噂《うわさ》じゃないか」

「ええ、大学の博士や助教の方も褒めてくださるそうですの。なにしろ、父親に死にわかれておりますし、祖父はあんな最期を遂げておりますす。頼る親族がなければ、学問の才を磨いて、身一つで立つよりほかはない、というのが口癖の子なんです」

「けなげだなあ。でも、ここでは、一度もお会いしていないな。だから、てっきりあなたの男だと思ってしまったんだが」

美都子はくすりと笑った。

「もう、家には寄りつきませんのよ」

「え？」

「好きな方ができましたものですから」

——え？　安世と同い年で、もう……

言葉を呑みこんだ冬嗣の耳に美都子は囁《ささや》いた。

「それも、年上なんです。さあ、七、八つかしら、私よりたぶん年上の方ですわ」

「ほう、それはそれは」

「父や母がおりませんのでね。頼りになる人といると気持が安らぐんですって。それがまた、ふしぎなめぐりあわせなんです」

「というと」

「その方のお祖父様《じいさま》と、私たちの祖父は敵どうし」

女性の名は安万子《あまこ》。祖父は橘奈良麻呂《たちばなのならまろ》といい、奈良朝の半ばすぎ、謀叛《むほん》を計画して捕えられ、非業の死を遂げた。そして、その計画を未然に摘発したのが、ライバルの藤原仲麻呂。その弟である巨勢麻呂も、もちろん仲麻呂側に立っている。

「でもそれからまもなく、祖父もあんな最期を遂げてしまったのですから……」

「ふしぎなものだなあ。それにしても、その安万子どのとは、どういう御縁で?」

美都子の話によると、非運の家の息子と娘のめぐりあい、といった劇的なものではなかったらしい。大学の助教たちが三守の才を買って、皇太子安殿の弟、賀美能《かみの》親王の学問相手に推薦してくれたのだ。

「親王も学問がお好きで、お相手を求めておられる。年齢もそなたが一つ上のはず。ちょうどいいと思うが」

当時の大学は官吏の養成機関である。卒業すれば、なにがしかのポストは与えられるが、それまで、親王家に出仕するのは悪い話ではなかった。

その賀美能の御所に仕えていたのが橘安万子、と聞いて、冬嗣は少しあっけない思いがした。

「なんだ、そういうわけだったのか」

賀美能は安殿の同母弟で、十四歳のとき元服し三品《さんぽん》に叙せられたものの、すでに母の乙牟漏《おとむろ》は世を去っており、有力な家臣も持たず、政治の圏外にある存在だ。それだけに気楽な立場にあるともいえるし、生来ののんきさからか、兄の安殿のように父との確執はない。

安殿は、最近では、桓武の政治にも手きびしい批判を加えはじめている。

「俺だったら、ああはしないな」

事ごとにそう言い、無理にも政治に対する一家言のあるところをしめそうとする。

年の若いせいもあって、賀美能は、そういう話には関心がないのだ。といって、いちずに恋にのめりこむ性格でもない。御所の中も、だからきわめて平明で、そんな中では、三守と安万子の間に、深刻な恋物語が生れる余地はなかったのだ。

兄の真夏の出入りする東宮御所とは、まるで違う賀美能の周辺に、とりたてて悪い噂もなかったが、時折話題になることといえば、年若い賀美能が、女にかけてはかなりのものだ、ということだろうか。

十四歳で元服した折、なにが嬉しいと聞かれたら、きさきが来ることだ、と答えたとか。げんに異腹の姉にあたる高津《たかつ》内親王がきさきとなって、すでに皇子も儲《もう》けている。もちろんそれだけではおさまらず、政治的才能は受けつがなかったかわり、女のほうだけは父ゆずりだ、とか、いや父以上の「大もの」になりそうだ、とか忍び笑いする者も少なくない。

ただ、安殿のように深刻にのめりこむのではなくて、賀美能は、なんでも愉《たの》しみたいというたちなのである。

——その賀美能さまが、学問にだけは熱心というのも妙な話だが、ははあ、してみると、学問もお愉しみのひとつというわけか。

冬嗣もそう思ったことがある。学問を苦しい修業とは思わず、そこにこの上ない愉悦を見いだす人間が、たまにはいるものだ。天性の快楽《けらく》の狩人《かりうど》というべきか。

——そういえば、安世にも、そんな趣があるな。

母を異にし、顔をあわせたこともない二人にふしぎな類似点があるのもおもしろいことだ。そんなことを考えながら、冬嗣は、褥の中の美都子に聞いてみた。

「三守どのは秀才の聞えが高いから、さぞ賀美能さまも御満足だろうな」

「ええ、それはもう。よく親王《みこ》さまは仰せられるのですって。三守よ、ずっと側《そば》にいてくれ。ろくに報いてやれぬが、そなたがいると楽しいって」

気取らない親王だ、と冬嗣は思った。正直いって、東宮でもない賀美能に仕えても出世の先は知れている。それをさらりと言うあたりにかえって親しみが持てる。

「じゃ、三守どのも出仕した甲斐《かい》があったな」

「はい、それはもう、親王さまのこととなると大変で」

美都子はくすりと笑って、首を傾《かし》げて冬嗣をみつめた。

「あの晩。ほら、あなたさまが、弟を私の恋人とまちがわれたあの晩」

「もう言うな、言うなというのに」

口を抑えようとする冬嗣に抗《あらが》って、美都子はいたずらっぽい眼になった。

「あの晩、弟はなぜ私のところに来たとお思いになります？」

「………」

「弟は言ったんです。姉君、賀美能さまにお仕えしないか、って」

「な、なんだって」

冬嗣は褥の上に起きあがっていた。うふふふ、と美都子は軽い笑みを洩らしている。

「ほ、ほんとうか、それは」

「ええ、橘安万子さまにすすめられたんですって」

なるほど、安万子と三守夫婦に美都子を加えれば、小さいながら人脈が作りあげられる。安万子の宮仕えの智恵から出たことだろう。

「それで、あなたは三守どのに、なんと？」

「あら、すぐ答えられることじゃありませんわ。でも、そこであなたさまのこと、三守に打ちあけることもできませんでしたの。なにしろ、まだ、お心の中まで深く知りあったわけでもございませんでしょ。そしたら、案の定、それからすっかりお出《いで》がなくなって」

「もう言うな、と言ったではないか」

「ええ、でもほんとうに悩みました。三守に打ちあけていたら恥をかくところだったと思ったり……。冷たい方だ、もうお見すてになったのかとお恨みしたり。それなら、いっそ賀美能さまにお仕えしようか、と思ったり」

「美都子どの」

言いかたを改め、そのふくよかな、白い手を握りしめた。

「では、そう返事をなさったのか」

「いえ、それはまだ。だから、一度あなたさまにお目にかかりたかったんです。もう別れる、とおっしゃるのでしたら、それで気持のきりをつけ、お仕えしようかと。そうしたら、あなたさまはおっしゃいましたわね。もう来ないつもりだって」

「嘘だ、嘘だ」

この唇《くち》、黙らせるには、わが唇で蔽《おお》うよりほかはない。息苦しくなるまで美都子を抱きしめてから、耳許《みみもと》で囁いた。

「さ、約束してくれ。賀美能さまのところへは行かない、って」

気がついたら、まるで熱病にでも浮かされたように、冬嗣は、あそこはいけない、あそこはいけない、とくりかえしていた。抱きしめられたまま、苦しげに美都子は言う。

「なぜ？　なぜあそこはいけませんの？」

「う、う、う……」

呻きの下から、言葉を押しだした。

「賀美能さまは、女好きだ。そんなところへ、そなたは出せぬ」

ほ、ほ、ほ、と美都子は軽く笑った。

「でも、私、賀美能さまより、五つ六つ年上ですわ」

「年上だってだめだ。三守どのと安万子どののような例もある。それに、宮仕えする女はみんな男遊びが達者になってしまう」

ほ、ほ、ほ……

まだ美都子は笑いつづけている。

いいかげん美都子に振りまわされた一夜だった。

――女というものは、思いのほかに、したたかなものだな。最後まで、賀美能さまのところへは行きませんと約束してはくれなかった。

しかし、冬嗣の不安は、やがて解消した。美都子がみごもったからである。運命というものはいたずら好きで、ときに人をきりきり舞いさせるかわりに、ひょいと思いがけない角度から恩恵を投げあたえてくれるものらしい。

翌年、美都子は男児を出産する。長男の長良《ながら》である。まだ美都子と共住みするまでになっていない冬嗣の許に、三守はしばしば顔を見せるようになっている。

美都子の恋人かと誤解された話は、とっくに彼自身の耳にも入っているはずなのに、そんな気配も見せないあたり、さすがに苦労して育っただけのことはある。かえってこそばゆい思いをしているのは冬嗣のほうだ。照れかくしに彼は安世をだしにすることを思いつく。

「御存じでもあろうが、三守どののお仕えする賀美能さまの異母兄《きょうだい》でな。年は一つ上だ。かなり学問は好きなほうだ。よろしくお願いしたい」

引きあわせると、同い年の安世に対しても、

「これは、これは」

と三守は恭《うやうや》しい態度を崩さない。学問好きだけに、二人はたちまち意気投合したらしい。

しばらくして、再度姿を見せたとき、三守は、

「賀美能さまからのお言伝《ことづて》でありますが」

ちょっと威儀を正して言った。

「安世さまに、お遊びにお出なさらぬかと」

「賀美能さまの御所に？」

冬嗣は、そっと安世のほうを見やった。異腹の兄弟とはいえ、一方は三品親王、そして一方はやっと六位を与えられたばかりだ。離れていればさほどに感じないことでも、面と向かって、現実を突きつけられれば、傷つきやすい年頃の若者の胸は痛むのではないか。

ところが、安世は、早くも眼を輝かせている。

「お伺いできるんですか、嬉しいな」

「それでは日を改めまして」

数日後に、賀美能から正式の招きがあった。

「三守どの、よろしく頼みます」

冬嗣が言葉を添えたのは、三守に、少しでもこの異父弟《おとうと》の受けるであろう衝撃を庇《かば》ってもらいたいという思いからだった。

が、案に相違して、安世は頰を輝かせて帰ってきた。見れば、胸いっぱい巻子本《かんすぼん》を抱えている。

「見てください、兄君。『文選《もんぜん》』ですよ、唐渡《からわた》りの」

「賀美能さまが下されたのか」

「そうです。欲しけりゃなんでも持っていっていいって」

賀美能はひと目で安世の学才を見ぬいたらしい。

――ほう、賀美能さまは、そういう眼もお持ちなのだな。

平凡で女好き、可もなく不可もない、という世評の賀美能の、一瞬にして人の芸術的才幹――それもとびきり上等のものだけを見ぬく天稟《てんぴん》に、最初に気づいたのは冬嗣だったのではあるまいか。

安世は早くも巻子の紐《ひも》を解き、『文選』をむさぼり読みはじめている。『文選』は梁《りよう》時代に成立した中国の古代詩文のアンソロジーで、当時の日本の知識人たちが熱い眼差を注ぐ憧《あこが》れの古典だった。やっと眼を離すと、安世は、

「すごいなあ、唐渡りですからねえ」

鼻を近づけて、紙の匂いを嗅《か》いでいる。

「この紙も唐のものですよねえ」

「あたりまえじゃないか」

「めったに手に入らないからなあ。それを賀美能さまは下さったんです」

「よかったなあ、それは」

心配していたような身分へのこだわりは、まったく感じていないらしい安世だった。三守と安万子のさらりとした関係。そして賀美能、安世、三守というつながり、桓武の周辺とは違った平明な人の輪ができかけている。

——これが世代というものかな。

冬嗣も年齢こそ十歳上だが、どうやらその輪に連なっている感じがする。もっとも、それが後にどのような意味を持つか、というところまで気がついたわけではなかったが……。その輪の中に、美都子もいる。

——優雅なくせに、ちょっとしたたかだからな。俺も分《ぶん》に似あわないことをやらか

したものさ。

恋のまねごととは、冬嗣のほうが負けだった。この分では、美都子には頭が上がらないことになりそうである。

安世はまだ唐渡りの『文選』に吸いつけられている。時折、

「すごいなあ、唐渡りだものなあ、めったに手に入るもんじゃない」

と呟きをくりかえしていたが、ひょいと顔を上げて、思いだしたように言った。

「そうそう兄君」

「なんだ」

「賀美能さまがおっしゃいましたよ、近く遣唐使が遣わされるんですって。そのときはまた、いろいろ書物の買入れをお頼みになるそうです。戻ってきたら分けてやるからなって」

「ほう、遣唐使が出かけるのか」

「ええ。そのとき、遣唐大使の、ええと誰だったかな、葛野《かどの》麻呂《まろ》さまとか言われたような気がするんですが、その方に頼むんですって」

「え、葛野麻呂？　大使は葛野麻呂とおっしゃったのか」

「え？　ええ、ええ」

生返事になってしまったのは、またもや安世の眼は『文選』に吸いつけられてしまったからだ。安世はだから、葛野麻呂という名を聞いたときの、冬嗣の面をかすめた微細な表情の変化に気づかなかったはずである。

（下巻へ続く）

本書中には、今日では不適切と考えられる表現がありますが、
作品の時代背景、文学性を考慮して、そのままとしました。

王朝序曲《おうちようじよきよく》　上
誰《たれ》か言《い》う「千家花《せんけはな》ならぬはなし」と
――藤原冬嗣《ふじわらのふゆつぐ》の生涯《しようがい》

朝日文庫

2024年9月30日　第1刷発行

著　者　永《なが》井《い》路《みち》子《こ》

発行者　宇都宮健太朗
発行所　朝日新聞出版
〒104-8011　東京都中央区築地5-3-2
電話　03-5541-8832(編集)
03-5540-7793(販売)
印刷製本　大日本印刷株式会社

Published in Japan by Asahi Shimbun Publications Inc.

ISBN978-4-02-265165-5

朝日文庫

山本　一力
たすけ鍼《ばり》
深川に住む染谷《せんこく》は〝ツボ師〟の異名をとる名鍼灸師。病を癒やし、心を救い、人助けや世直しに奔走する日々を描く長編時代小説。《解説・重金敦之》

森見　登美彦
聖なる怠け者の冒険
《京都本大賞受賞作》
宵山で賑やかな京都を舞台に、全く動かない主人公・小和田君の果てしなく長い冒険が始まる。著者による文庫版あとがき付き。

横山　秀夫
震度0《ゼロ》
阪神大震災の朝、県警幹部の一人が姿を消した。失踪を巡り人々の思惑が複雑に交錯する。組織の本質を鋭くえぐる長編警察小説。

柚木　麻子
嘆きの美女
見た目も性格も「ブス」、ネットに悪口ばかり書き連ねる耶居子は、あるきっかけで美人たちと同居するハメに……。《解説・黒沢かずこ（森三中）》

綿矢　りさ
私をくいとめて
黒田みつ子、もうすぐ三三歳。「おひとりさま」生活を満喫していたが、あの人が現れ、なぜか気持ちが揺らいでしまう。《解説・金原ひとみ》

宇佐美　まこと
夜の声を聴く
引きこもりの隆太が誘われたのは、一一年前の一家殺人事件に端を発する悲哀渦巻く世界だった！　平穏な日常が揺らぐ衝撃の書き下ろしミステリー。